书简传情

汪曾祺——著
李建新——编

WUHAN UNIVERSITY PRESS
武汉大学出版社

图书在版编目（CIP）数据

书简传情 / 汪曾祺著；李建新编．— 武汉：武汉大学出版社，2021.9（2021.11 重印）
ISBN 978-7-307-22467-4

Ⅰ．书…　Ⅱ．①汪…　②李…　Ⅲ．书信集—中国—当代
Ⅳ．I267.5

中国版本图书馆 CIP 数据核字 (2021) 第 139457 号

责任编辑：黄朝昉　　责任校对：牟　丹　　版式设计：中北传媒

出版发行：**武汉大学出版社**（430072　武昌　珞珈山）
（电子邮箱：cbs22@whu.edu.cn　网址：www.wdp.com.cn）
印刷：三河市华东印刷有限公司
开本：880 × 1230　1/32　　印张：7　字数：116 千字
版次：2021 年 9 月第 1 版　　2021 年 11 月第 2 次印刷
ISBN 978-7-307-22467-4　　定价：38.00 元

编者序

汪曾祺，当代著名作家、散文集、小说家。1920 年出生在江苏高邮县的一个书香门第的家庭，大学就读于西南联合大学文学系，师从著名作家沈从文。

汪老的语言精练，富有乐趣。他写民风民俗，写草木风景、小动物、四方美食，文字充满童真童趣，能使孩子对生活、对大自然、对传统文化产生热爱之情；他写西南联大师生的艰苦求学生活，能激发孩子珍惜时间，努力学习，奋发向上。他的小说大多写的是普通人。他从普通人身上发现诗意，发现人性美、人情美，对普通人充满欣赏、赞美、尊重、关心和同情。他和家人、好友、作家等人的珍贵信件，平淡真挚、率性可爱。这些内容能让孩子们感受到人性的良善与生活的美好。

读汪老的文字，能让孩子学习汪老独具“中国味儿”的语言，体会母语的美，并提升人文素养，浸润出一颗善感、善良、温情、热爱生活的向上之心。

我们历时近两年，对汪老的作品进行了仔细地甄选编辑，推出了这套书（6 册）：散文集《愿少年，乘风破浪》《更随流水到天涯》《东看看西看看》，小说集《故乡的鸟呵》《动和静的风》，书信集《书简传情》。分别包含 6 个主题：求学成长篇、花鸟旅食篇、风俗人文篇、传统美德篇、市井生活篇、书信寄意篇。选篇中既有经久流传的经典篇目，也包含不少入选语文教材和阅读理解题的篇目。

希望这 6 本书在孩子们的成长中种下美好的种子，懂得如何求学，如何看待生活，如何感知世间的美好，如何怀有一颗真诚和温暖的心去面对人生中的不确定。希望这些种子终有一天会在孩子的成长过程中发芽并给孩子们以力量。

由于选文时间跨度较大，一些字词和文法与现在的规范多有出入，我们参校多版本，尽可能保持选文的原汁原味。如 1949 年前的作品，保留“甚么”；方言、象声词（如丁丁当当）、外国人名、地名（如加尔各达）保留原译法。异体字若是作者的习惯用法，且已得到普遍认可的，予以保留，如异秉（现应为异禀）。针对一些对作者文风影响不大的词，已参照现行规范对其修改，如“包谷”改为“苞谷”，“帐单”改为“账单”等。全书中，“做、作、的、地”，统一按现代汉语规范修改。

“品读名家经典，打下人生的精神底色，滋养孩子们的心灵！”是策划出版这套书的初衷！

编辑部

2021 年初春于北京

目录

写给家人的信

写给师长、好友的信

写给作家、学者的信

写给编辑、读者的信

写给家人的信

“我应当带一个茶杯来的。

美国的茶杯很不好用。……很想你们！”

致妻子施松卿[1]

松卿：

我安抵香港，住在三联书店的招待所。明日上午九时飞往东京。在东京要待一个小时，然后换机往芝加哥。在芝加哥还得换一次飞机。

身体情况良好。每天都有人请客，但肠胃正常。香港人都说我身体好。

到港当日，即买了一块CITIZEN石英表，275港元。是三联一女士陪我去买的。香港店铺是可以还价的。这是用《大公报》的稿费买的。

世界导游中国卷等我回国时再托人买。

香港正在季尾清货大减价，但我什么也没有买。回来再说吧。

台湾地区一出版社翻印了《汪曾祺短篇小说选》(尚未出书)。台湾地区现在大开放，说不定我近年会到台湾地区逛一趟。

有人请我们饮茶，先写到这里。

问全家好！

曾祺

(一九八七年)[②]八月三十一日

注释：

① 施松卿(1918—1998)，作者夫人。福建长乐人。新华社对外部特稿组高级记者。

② 作者的大部分信件落款处没有写年份，这里的时间是编者根据信件的实际书写时间加上去的。后文不再特别说明。写信年份和前一封信是同一年的，落款处不再加年份。

松卿：

现在是美国时间五点二十。我已经起来了一会。昨晚十二时入睡，很快就睡着了，但一点、四点各醒一次。到五点，睡不着了，就干脆起来，倒也不难受，好像已经睡够了。所谓时差，大概就是这样。有人说会昏昏沉沉的，我没有此种感觉。

到了美国，我的第一感觉，是我绝对有把握活着回去，而且会活得很愉快。

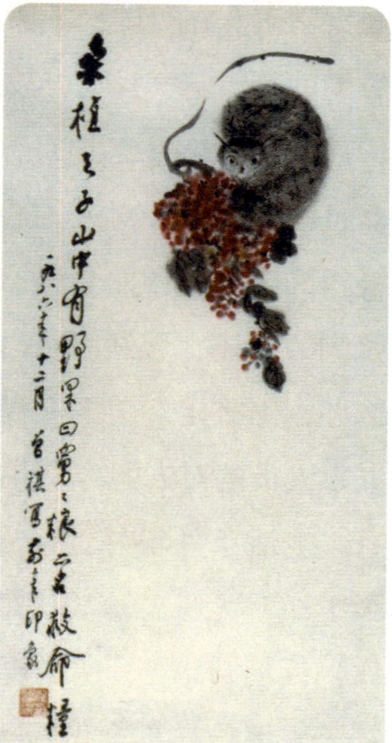

昨天刚到爱荷华，洗了一个脸，即赴聂华苓[1]家的便宴——美国火锅。喝了两大杯苏格兰威士忌。邵燕祥[2]担心我喝酒成问题。问题不大。昨天宴后，就给我装了一瓶威士忌回来。聂华苓一家对人都很亲切。安格尔[3]是个非常有趣的祖父。他把《纽约时报》杂志我的全版大照片翻印了好几份，逢人就吹：这样的作家我们不请还请谁？聂华苓的女儿、女婿，都极好。我跟聂华苓说：我在你们家不感觉这是美国。真是这样。非常自由、随便，大家都很机智，但谁也不卖弄。我开始觉得美国是个很可爱的国家。这里充满生活的气味，人的气味。

美国的生活节奏并不是那么紧张，不像香港。芝加哥机场给人一种有条有理，安安静静的感觉。衣阿华是个农业州，到处是碧绿的。爱荷华[④]更是这样。全城居民六万，有三万是大学生。在美国，不像北京和香港有那样紧张的政治空气。香港的政治空气我觉得甚至比北京还紧张。

在东京、在芝加哥，我觉得公务人员不但都尽忠职守，而且态度平和，对人关心。我们到芝加哥，要改乘联合航空公司的飞机到西丽碧斯，手续本来是很麻烦的，但我用极其蹩脚的英语，居然问明白了。每一个人都很耐心地教给你怎么办，怎么走。美国人没有大国沙文主义。我深深感到中国办事人员的对人的冷漠。很想写一篇杂文："公务员和干部"。

生活条件很好。住五月花（Mayflower）公寓八楼30D，很干净，无噪音。美国的煤气灶是不用点火的，一拧就着。你告诉仉乃华[⑤]，一定要带菜刀、擀面杖，一口小中国锅及铲子。邵燕祥不会做饭，瞎凑合。我昨天检查了一下炊具，不够。聂华苓昨天给了我们一口小锅，一口较深的平底锅，可以对付。另外，稿纸带少了。可以写一点东西的。至少可以写一点札记，回去再整理。我写回去的信最好保存，留点资料。

爱荷华的气候与北京近似，现在只要穿短衬衣。但很爽，身上不粘。

给聂华苓的画及对联昨已交去，安格尔一看画，就大叫“very delicate！”

卉卉好吗？过些日子给我寄一张照片来。

九月二日

注释：

① 聂华苓，著名美籍华人作家，爱荷华大学“国际写作计划”创办者之一。汪曾祺此次访美便是受“国际写作计划”之邀。在美国，他给夫人施松卿写了多封家书。

② 邵燕祥，著名诗人。

③ 安格尔，聂华苓的丈夫，与妻子共同创办了“国际写作计划”。

④ 衣阿华指 Iowa State，爱荷华是 Iowa City。爱荷华市隶属衣阿华州，现分别译为“艾奥瓦市”“艾奥瓦州”。

⑤ 仉乃华，作者夫人施松卿教过的研究生。

松卿：

上次的信超重了，贴了两份邮票。美国邮资国内二十二分，国外四十四分，一律是航空，无平信。

我们九月份的安排，除了开幕的Party，看两次节目，每天有人教英语（我不参加），有五个节目的座谈（每个题目座谈约三次）。聂华苓希望我们参加两个题目："我的创作生涯"和"美国印象"。"创作生涯"我不想照稿子讲，只想讲一个问题："作家的社会责任感"。昨天这里中国学生会的会长（他在这里读博士）来看我，我和他把大体内容说了说，他认为很好。"美国印象"座谈时间较靠后，等看看再准备。

我们在这里生活很方便，Program派了一个中国留学生（他本已在北京国际关系学院任教）赵成才照顾我们，兼当翻译。他是Program的雇用人员。

每星期四由"计划"派车送我们去购买食物。开车的是台湾人，普通话讲得很好。他对我和古华的印象很好，对赵成才说，想不到这样大的作家，一点架子都没有！这里有一个Eagle食品商店，什么都有。蔬菜极新鲜。只是葱蒜皆缺辣味。肉类收拾得很干净，不贵。猪肉不香，鸡蛋炒着吃也不香。鸡据说怎么做也不好吃。我不信。我想做一次香酥鸡请留学生们尝尝。南朝鲜人[①]的铺子里的确什么佐料都有，

“生抽王”、镇江醋、花椒、大料都有。甚至还有四川豆瓣酱和酱豆腐（都是台湾出的）。豆腐比国内的好，白、细、嫩而不易碎。豆腐也是外国的好，真是怪事！

今天有几个留学生请我们吃饭，包饺子。他们都不会做菜，要请我掌勺。他们想吃鱼香肉丝，那好办。不过美国猪肉太瘦，一点肥的都没有。猪肉馅据说有带 15% 肥的。我嘱咐他们包饺子一定要有一点肥的。

我大概免不了要到聂华苓家做一次饭，她已经约请了我。

昨天我已经做了两顿饭，一顿面条（美国的挂面很好），一顿米饭——炒荷兰豆、豆腐汤。以后是我做菜，古华[②]洗碗。

我们十一月开头的两个星期将到纽约、华盛顿去旅行。最好是住在朋友家。纽约我准备住金介甫[③]家，今早已写信预先通知他（美国人一般都在一个月前把生活计划好，不像中国人过一天算一天）。明天准备写信给李又安、陈宁萍、张充和[④]。王浩[⑤]的地址我没有带来，你打电话给朱德熙[⑥]，让他尽快给我寄一个来。杨振宁、李政道[⑦]我不准备去麻烦他们了，不过，寄来他们的地址也好。到美国旅行，一般都是住在人家家里。旅馆太贵。

聂华苓问古华：汪老准备在这里写什么？古华告诉她我听了邵燕祥的话，不准备写大东西。聂说：其实是有时间写的。那我就多写几篇聊斋新义吧。

聂华苓的一个女儿年底要和李欧梵结婚。李欧梵我在上海金山会议上和他认识。我让他到Mayflower来自己选一张画。他在芝加哥大学，会请我和古华去演讲一次。聂华苓将把Program的作家名单寄给一些大学，由他们挑选去演讲的人。美国演讲的报酬是相当高的。

我的地址在Mayflower后最好加一个Resident。

曾祺

九月四日

注释：

① 南朝鲜指韩国，南朝鲜人即指韩国人。

② 古华，电影编剧，作家。

③ 金介甫，美国汉学家，历史学家。著有《沈从文传》。

④ 张充和，旅美著名艺术家，擅长诗词、书画、昆曲，长期在美国从事书画、昆曲的传授。

⑤ 王浩，数理逻辑学家。1939年进入西南联大数学系，和汪曾祺是校友。

⑥ 朱德熙（1920—1992），著名古文学家、语言学家、

语法学家、教育家。和汪曾祺是西南联大同学，是亲密无间的好友，到晚年，两人依然来往频繁。两人的书信中，叙家常，聊语言、文学，友谊十分珍贵。

⑦ 两人都是著名物理学家。曾就读西南联大，汪曾祺校友。

松卿：

我应当带一个茶杯来的。美国的茶杯很不好用。就像咱家那种美国大学校杯一样，厚，笨。像校杯那样的杯子要五块多美元一个！美国东西贵得惊人。一盒万宝路香烟，在香港只要 8 元港币（免税商店只要 6 元半），在美国本土却要 1.2$。衣服、鞋子都极贵。如果小仉还没走，你叫她把东西尽量在北京买全了。——如经香港，可在香港买。香港是购物者的天堂。

刚才接陈若曦从柏克莱打来的电话，台北的新地出版社要出我的小说选，用美金付版税，按定价的 8% 计。出版社要我一张照片，一个小传和评论我的文章。小传我可在这里写好寄给香港的古剑①。照片家里能找得到么？评论文章找一两篇（出版社只是参考用）。评论要复印，留底。照片和评论都寄古剑。照片如找不到，我可在这里拍了寄去。

我在这里很好。聂华苓常打电话叫我们晚上上她家聊天。见到几位台湾作家。诗人蒋勋读过我一些小说，说是很喜欢。过两天陈映真要来。此人在台湾是大师。

我的讲话中英文本都交给聂华苓了。“我的创作生涯”，我不想照讲稿讲，太长。另外准备了一篇五六百字的短稿：作家的社会责任感。有一个中国留学生为我口译。我要把发言稿先让他看看，因为稿中引用两句杜甫的诗，他得捉摸捉摸。

我这两天在看安格尔的诗和聂华苓的文集。

如从家里寄照片到香港，要两三张，——包括生活照。港台的风气，作品前面有七八张照片。

昨天我已为留学生炒了一个鱼香肉丝。美国猪肉、鸡都便宜，但不香，蔬菜肥白而味寡。大白菜煮不烂。鱼较贵。

很想你们！在国外和在国内旅游心情很不一样。

曾祺

九月六日

注释：

①古剑，生于1939年，原名辜健，祖籍泉州。1961年毕业于华东师范大学中文系，1974年至香港，历任《新报》《东方日报》《华侨日报》副刊编辑，《良友画报》《文学世纪》主编。

松卿：

前寄三信，不知收到否？我到这里已经十天了，也快。不过我还是想早点回去。

我在这里倒是挺好的。聂华苓对我们照顾得很周到。有一个访问学者赵成才，专门照顾我和古华。有一对华裔夫妇，很好客。他们读过不少大陆作品。《华侨日报》把我和林斤澜的谈话（载《人民文学》）转载了，他们特意剪下来给我留着。我和台湾、香港的作家相处得很好。台湾诗人、画家兼美术史教授蒋勋住在我的对门。他送了我好几本书。我送了他几张宣纸，一瓶墨汁，还给他写了一条字："春风拂拂灞桥柳，落照依依淡水河"（他原籍西安），他非常高兴。香港女作家是个小姑娘，才二十三岁，非常文静，一句话都不说。

我们过几天要到林肯的故乡去，住一天。十一月上旬到纽约、华盛顿。陈若曦在电话里说，我们可以从柏克莱出境。聂华苓说机票可以改的。她要给王浩打电话，通知他我将去纽约。王浩曾到聂华苓家来过两次。看吧。我倾向于由原路回去。

到爱荷华大学看了看。美国大学的教室不大，条件极好。学生上课很随便。讨论课可以吃东西，把脚跷到桌子上。大学生可以任意选课，不分什么系，读够一定学分即可。

爱荷华河里有很多野鸭子。这里的野鸭子比中国的大。野鸭子本是候鸟，爱荷华的野鸭河里结了冰也不走。野鸭子见人不怕。公路上如果有一只野鸭子，汽车就得减速，不能压死它。我们在爱荷华大学的教学楼外草地上看见一只野兔子，不慌不忙地走着，还停下来四面看看。美国是个保护动物的国家，所有动物见人都不躲。它们已经习惯了。

美国人穿衣服真是非常随便。只有银行职员穿得整整齐齐的，打领带。刘阳给我买的枣红衬衫大出风头。公寓无洗衣机，衬衣可以送到楼下洗，收费。我只要自己洗洗衬衫、内衣就行了。吃的东西比较便宜，但有些比中国贵，一包方便面要半美元。房钱得自己付。我和古华合住一套，每月350元，每人175。

来信！

曾祺

九月十一日

松卿：

你们都好吗？我这两天不那么想家了。大概身在异国，没有不想家的。给我们当翻译的访问学者赵成才来了七个月了，我问他："想家吗？"他说："想！"

我的硝酸甘油丢了。大概丢在从东京到芝加哥的飞机上。我把药瓶放在夹克口袋里，大概溜出来了。你能不能在信封里寄几片来？我以为这里可以买到，赵成才到药店去问了，药倒是有，但是美国买药必须有医生处方。而到医院，又必须做严格检查，才开药。算了！聂华苓说安格尔有熟识的医生，看看他能不能开个药方，不过可能性不大。我想一次在信封里寄几片，不会被检查出来。实在寄不到，也没有关系，我想不致心绞痛。再说我还有三种防治心脏病的药。

我在这里生活很有规律，每天十一点钟睡觉，早上六点起。刚到几天，半夜老是醒，这两天好了。今天一觉睡到大天亮，舒服极了。

这里可以写东西。我昨天已经把《聊斋》的《黄英》写好了。古华很厉害，写了一个短篇，还写了长篇的第一章。今天起我就要开始酝酿写《促织》。

我们存款的银行要请一次客，聂华苓想要有所表示，安格尔出主意，让她跟我要一张画，请所有作家签名，我说当然可以。我让作家们就签在画上，他们说这张画很好，舍不得，就都签在绢边上。

昨天我们到海明威农场参观，一家人有几千亩地，主要种玉米。玉米随收随即在地里脱粒，然后就运进谷仓，只要两个人就行了。一家能请30多位作家喝酒、吃饭。海明威夫妇到过中国：北京、沈阳、广州……海明威夫人说北京是很美的城市。我抱了她一下。她胖得像一座小山。

参观了大学图书馆，看不出名堂。借书不像邵燕祥说的那样简单。聂华苓说她有很多中文书，要看，可以去拿。我们可以看到好几份中文报纸，包括《人民日报》海外版。都是聂送来的。

聂看了我的三份讲稿，她说“我的创作生涯”可以在这里讲。“文化传统……”可以到耶鲁这样的大学去讲。京剧可以给外国人讲，中国人听起来意思不大。

过些天我们要到林肯的故乡去，住一夜。除了看看那地方，主要是看几场球赛。

曾祺

九月十二日早晨

松卿：

昨天聂华苓给王浩通了电话，王浩说我可以住在他家。这就好了。我原来怕到纽约无处投奔。金介甫说他可以陪我玩两天，但未表示可以在他家住。纽约旅馆一天要100＄，那Program给我们的旅游津贴都住了旅馆了。而且没人陪我，纽约我还真不敢去。据说纽约非常乱（王浩的夫人到加拿大去了，这样更好）。

李又安来信，说她们欢迎我到费城去住几天，费城在纽约与华盛顿之间。她请我去给教师和学生作一次非正式的演讲，会给少量报酬。

到华盛顿住什么地方，还没有谱。实在不行，我就不去华盛顿，从费城飞到波士顿去。哈佛请我们去演讲一次。在波士顿住几天，就回Iowa。

这样，11月的旅游大体定下来了，我心里就踏实了。否则心里老是嘀咕。

前天我们到Springfield去参观了林肯故居、林肯墓和New Salem State林肯的小木屋。林肯墓是一个塔形建筑，很好看。墓前有一个铜铸的林肯的头像，很多人都去摸林肯的鼻子，把鼻子摸得锃亮。这在中国是绝对不允许的。我想写一篇散文，《林肯的鼻子》。林肯有一句名言：“All men are created equal. ”林肯的鼻子可以摸，体现了这种精神。我发现美国是平等的。自由是要以平等为前提的，中国很缺乏平等。

《华侨日报》（左派报纸）把我的发言稿《我是一个中国人》《作家的社会责任感》要去，要发表。可以有一点稿费，不会多。这两个稿子我都还没有讲。《中国人》太长、《责任感》过于严肃。我在“我的创作生涯”的会上即兴讲的是另外的题目。

聂建议我和古华搞一次招待会，预备一点饮料，买一瓶酒、花生米、葵花子……，我准备煮一点茶叶蛋，炸一点春卷。外国人非常喜欢吃春卷。Famer’s Maket 有南朝鲜货卖，五毛钱一条，太贵了！自己炸，最多两毛。这里有一家“东西商会”，朝鲜人开的，有春卷皮卖。

我上次在“创作生涯”会上的发言如下：

最后一个发言是困难的，因为大家都已经很疲倦。这要怪我的倒霉的姓，姓的倒霉的第一个字母——W。不过大家可以放心，我的发言很短。短得好像兔子的尾巴。（笑）

我想先请大家看两张画（给陈若曦的一张和一只鸟蹲在竹子上的那一张）。我是一个不高明的业余画家。我想通过这两张画说明两个问题：中国文学和绘画的关系；空白在中国艺术里的重要作用。

中国画家很多同时也是诗人。中国诗人有一些也是画家。唐朝的大诗人、大画家王维，他的诗被人说成是“诗中有画”，他的画是“画中有诗”。这是中国文学的一个悠久的传统。我的小说，不大重视故事情节，我希望在小说里创造一种意境。在国内，有人说我的小说是散文化的小说，有人说是诗化的小说。其实，如果有评论家说我的小说是有画意的小说，那我是会很高兴的。可惜，这样的评论家只有一个，那就是我自己。（大笑）

大概从宋朝起，中国画家就意识到了空白的重要性。他们不把画面画得满满的，总是留出大量的空白。马远的构图往往只画一角，被称为“马一角”。为什么留出大量的空白？是让读画的人可以自己去想象，去思索，去补充。一个小说家，不应把自己知道的生活全部告诉读者，只能告诉读者一小部分，其余的让读者去想象，去思索，去补充，去完成。我认为小说是作者和读者共同完成的。一篇小说，在作者写出和读者读了之后，创作的过程才完成。留出空白，是对读者的尊重。

因此我的小说越写越短。（笑）

这样，对我当然是有损失的，因为我的稿费会很少。（笑）

但是我从创作的快乐中可以得到补偿。（笑）

我想这是值得的。（笑）

李欧梵告诉我，我说的作者和读者共同完成是一种很新的理论。有个教比较文学的中国青年学者，说这是萨特首先提出来的。我则是自己发明的。

曾祺

（九月）二十九日

“我到了美国，变得更加 practical，这是环境使然。为了你，你们，卉卉，我得多挣一点钱。”

松卿：

Iowa 已经相当冷了。今天早上下了霜。我刚才出去寄信，本想到对面草地走走，冷得我赶紧回来了。穿了双层的夹克还是顶不住。今天晚上大学图书馆的两个人（大概是头头，一个是俄国人，一个是美国人）请客，我得穿棉毛裤、毛背心去。因为是正式吃饭，要打领带。

昨天中国学生联谊会举行欢度国庆晚餐会。开头请我、古华、聂华苓讲了话。几句话而已，希望他们为祖国争光之类。学生大都是读博士的。年轻人，很热情。大家都寄希望于十三大。这里的华文报纸说十三大将是一个转折点，希望如此。晚餐是向这里的中国饭馆羊城饭店订的，但一点也不好吃，全无中国味。我实在难以下咽，回来还是煮了一碗挂面吃。美国菜（即使是中国饭馆做的）难吃到不可想象的程度。

有几个复旦来的学生，他们在复旦的班上读过《受戒》，又问我当过和尚没有。

台湾作家蒋勋（我和他对门居，关系甚好）告我，《联合文学》又转载了我的《安乐居》，他又将《金冬心》复印寄给一家杂志，这都是应付稿费的。古剑来信说他将为我的《黄油烙饼》及《联合文学》所载的六篇小说争取稿费。我到了美国，变得更加practical，这是环境使然。为了你，你们，卉卉，我得多挣一点钱。我要为卉卉挣钱！

十月三日午

今天晚上，大学图书馆的两个人招待我们晚餐。这顿晚饭不错，比较有滋味。我问女主人：这是典型的美国饭吗？她说：No，佐料都是南斯拉夫的，——她是南斯拉夫人。我吃饱了，回来不用煮挂面。

晚餐会上和与会者相谈甚欢。我大概在应对上有点才能，中肯、机智、不乏幽默。

Minita宣告我是她的sweetheart，我当然得跟她贴贴脸，让她亲一下。她是Program的组织者，是西班牙人。上次在从 Springfield 回来的车上，她就对赵成才说，她非常喜欢我的性格，可惜不能直接用英语交谈。回来后，她向聂说，所有的作家都喜欢我。聂为之非常高兴。我这人大概有点人缘。保罗·安格尔听说我是她的 sweetheart，大叫：Wonderful!

三日晚

4 日，到衣阿华州的首府得梅因去参观。上午参观了美国公众保险公司。这个公司收藏了很多美国当代艺术作品。进门就是一个很大的抽象雕塑，是一位大师（我没记住他的名字）的作品。大厅里有很多奇形怪状的雕塑，有的会自己不停地轻轻转动或摆动，——没有动力，只是利用塑体本身的重量造成的。每个办公室里都有绘画和雕塑，没有一件是现实主义的。为什么美国的大企业都收藏当代艺术作品呢？因为美国政府规定，买多少当代艺术品，可以免去购买作品同样数目的税。这样等于用一部分税款去买作品。这是用企业养艺术，这办法不错。

下午去参观一个 Living history farm。美国历史短，各处均保留一些当年的遗貌：铁匠炉、木匠房，大车的轱辘还是铁的。还有两处印第安人的窝棚。这在中国人看来毫不稀罕。在一切都电子化了的美国，保存这样的遗迹，是有意义的。我们上午参观了保险公司，他们的办公室全部电脑化了。上午、下午，对比强烈。

晚上，公司请客，在一家中国餐馆。基本上是广东菜，极丰盛。菜太多，后面几道我都没有动。作为主人代表的是一对黑人夫妇。男的是诗人。他在上菜的间隙，朗诵了三首诗。我起来讲了几句话（因为是在中国餐馆，Minita 一定要我坐上座），说感谢诗人给我们念了四首诗，第四首在这里。我把他的年轻的老婆拉了起来。全场鼓掌。老赵说我讲得很好。这种场合，有时需要一点插科打诨。

五日

我正在考虑，把四篇“聊斋新义”在《华侨时报》上发表一下，然后国内再用。

10 日我们将去马克 · 吐温故乡。

曾祺

七日

松卿：

我下月旅游行程已定，票都订好了。如下：

10月31日离开爱荷华，在纽约住6天，然后乘火车至费城。在费城住5天。11月11日从费城到波士顿，14日离波士顿经芝加哥回到爱荷华。

我在纽约住王浩家。费城住李又安家。波士顿哈佛大学会安排。一路都会有人接送，不致丢失，请放心。我在费城的宾州大学和哈佛都将作非正式的演讲，讲题一样：传统文化对中国当代文学创作的影响。

今天是中秋节，聂华苓邀我及其他客人家宴，菜甚可口，且有蒋勋母亲寄来的月饼。有极好的威士忌，我怕酒后失态，未能过瘾。美国人不过中秋，安格尔不解何为中秋，我不得不跟他解释，从嫦娥奔月、中国的三大节，中秋实是丰收节，直至八月十五杀鞑子……他还是不甚了了。月亮甚好，但大家都未开门一看。

按聂的建议，我和古华明晚将邀七八个作家到宿舍一聚，我正在煮茶叶蛋。

中秋节夜一时

（十月八日）

我们已经请了几个作家。茶叶蛋、拌扁豆、豆腐干、土豆片、花生米。他们很高兴，把我带来的一瓶泸州大曲、一瓶 Vodka 全部喝光，谈到十二点。聂建议我们还要请一次，名单由她拟定。到 Program 来，其实主要是交际交际，增加一点了解，真要深入地探讨什么问题，是不可能的。

昨天去听了一次新英格兰乐队的轻音乐，水平很低。聂、安、古、蒋勋休息时即退场。聂问我如何，我说像上海大减价的音乐，她大笑，说："你真是煞风景。"又说，"很对，很对，很像！"

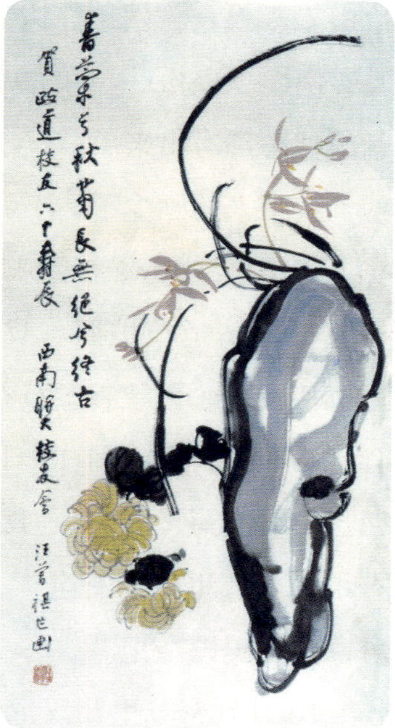

昨晚芬兰的 Risto 回请我和古华，说是 dinner，实际只有咖啡、芬兰饼（大概是荞麦做的），一瓶芬兰 Vodka。主要的菜倒是他请我做的茶叶蛋。闹半天，他是对我们作一次采访。他对中国很有兴趣，也颇了解，问了很多问题，文学、政治、哲学、心理学、书法……他的夫人是诗人，又是芬兰晨报的记者。我问今天的谈话，他们是否要整理发表。他们说：要。我想我们的谈话都没有问题，要发表就发表吧。

今天是安格尔的生日（79岁），晚上请大家去喝酒，谢绝礼物，但希望大家念念诗、唱歌、表演舞蹈。我给他写了一首诗："安寓堪安寓（他家的门上钉了一块铜牌，刻字两行，上面一行是Engle，下面是中文的'安寓'），秋来万树红。此间何人住？天地一诗翁。此翁真健者，鹤发面如童。才思犹俊逸，步态不龙钟。心闲如静水，无事亦匆匆：弯腰拾山果，投食食浣熊。大笑时拍案，小饮自从容。何物同君寿？南山顶上松。"安的女儿蓝蓝昨天到这里看了，说把她爸爸的神态都写出来了。

我带来的画少了，不够分配。宣纸也不够用。

古华想在Iowa待到12月15日，再到旧金山一带去。这样就得申请延长护照。我现在想从波士顿回到Iowa后，哪里也不去了。大峡谷，黄石公园，也就是那么回事。11月14日回到Iowa至12月15日，还有一个月，我可以写一点东西。继续改写《聊斋》。我带来的《聊斋》是选本，可改的没有了。聂那里估计有全本，我想能再有几篇可改的。另外也可以写写美国杂记。

10日到密苏里州汉尼堡城看了看马克·吐温的故乡。看了《汤姆·索亚历险记》的背景 Cameron Cave。这个 Cave 和中国的山洞不一样，不是钟乳石的，是黄色的石头的，里面是一些曲曲折折的大裂缝。石头上有很多人刻的名字，美国人也有题“到此一游”之风。到处看看而已，没有多深的印象。密西西比河有一段很美。马克·吐温纪念馆里没有中国译本（有一本台湾地区的），我要建议作协给纪念馆寄几本来。

十二日

昨天安格尔家的 Party 很热闹。Program 的成员都去了，还有不少别的客人。很好的香槟。好几位诗人读了给安和聂的诗。我也念了那首诗，用中文念，赵成才翻译。诗是写在一张宣纸横幅上的，安格尔自己举着，不时探出脑袋来做鬼脸。喀麦隆的一个作家打非洲鼓唱颂歌。南美西班牙语系（不同国家）的诗人弹吉他且歌且舞，很美。古华“打”了一支湖南山歌。聂非让我唱京剧不可，唱了两句大花脸。墨西哥诗人 Zavala 对赵说 Wang 是今天的 most。

我的讲话稿《我是一个中国人》和《作家的社会责任感》

《华侨日报》决定发表。王渝明天来，将把稿费带来（先付）。台湾诗人蒋勋把他用古代传说写的小说给我看，想请我写一篇序。这个序可不好写，但不能推却。

十三日晨

王浩来了电话，说住在他家没有问题。他有点失望，以为我能在纽约住半个月，五天，太少了。他会到机场去接我。他要买戏票，请我们看戏。我说歌剧、舞剧、音乐会都行，不要买话剧。金介甫已做好接待我们的准备。有一个女记者要采访，金安排了一个Party。

画都分完了。再有人要（老有人要），只好临时画。我在这里，安格尔把我介绍给别人时都说是：作家、画家。大学艺术系一女教授（韩国人；金属雕塑家）要请我上她家看她的藏画。

我现在不太想家了。

曾祺

十六日

松卿：

10月14日信昨（19）日收到，相当快。美国邮局星期六、星期天不办公，赶上这两天，信走得就会慢些。

18号“我为何写作”讨论会，我以为可以不发言，结果每个人都得讲。因为这次讲话是按中文姓氏笔画为序的，我排在第三名。幸亏会前稍想了一下，讲了这样一些。

> ……我为什么写作，因为我从小数学就不好（大笑）。
>
> 我读初中时，有一位老师希望我将来读建筑系，当建筑师，——因为我会画一点画。当建筑师要数学好，尤其是几何。这位老师花很大力气培养我学几何。结果是喟然长叹，说“阁下之几何，乃桐城派几何”（大笑）。几何要一步一步论证的，我的几何非常简练。
>
> 我曾经在一个小和尚庙里住过。在国内有十几个人问过我，当过和尚没有，因为他们看过《受戒》（这里的中国留学生很多人读过《受戒》）。我没有当过和尚。抗日战争时期，日本人打到了我们县旁边，我逃难到乡下，住在庙里。除了准备考大学的教科

书之外，我只带了两本书，《沈从文选集》和《屠格涅夫选集》。我直到现在，还受这两个人的影响。

我年轻时受过西方现代主义的影响，写诗，很不好懂。在大学的路上，有两个同学在前面走。一个问："谁是汪曾祺？"另一个说："就是那个写别人不懂，他自己也不懂的诗的那个人。"（大笑）我今年已经67岁，经验了人生的酸甜苦辣、春夏秋冬，我不得不从云层降到地面。OK！（掌声）

这次讨论会开得很成功，多数发言都很精彩。聂华苓大为高兴。

陈映真老父亲（82岁）特地带了全家（夫人、女儿、女婿、外孙女）坐了近六个小时汽车来看看中国作家，听大家讲话。晚上映真的妹父在燕京饭店请客。宴后映真的父亲讲了话，充满感情。吴祖光讲了话（他上次到Iowa曾见过映真的父亲），也充满感情。保罗·安格尔抱了映真的父亲，两位老人抱在一起，大家都很感动。我抱了映真的父亲，忍不住流下眼泪。后来又抱了映真，我们两人几乎出声地哭了。《中报》的女编辑曹又方亲了我的脸，并久久地攥着我的手。

宴后，聂华苓邀大家上她家喝酒聊天。又说、又唱。分别的时候，聂华苓抱着郑愁予的夫人还有一个叫蓝菱的女作家大哭。

第二天，聂华苓打电话给我，说她也不知道为什么会大哭，真是“百感交集”，不只是因为她明年退休，不管Program的事了。我说：我到了这里真是好像变了一个人。我老伴写信来说我整个人开放了，突破了儒家的许多东西。她说：“就是！就是！”我说：我好像一个坚果，脱了外面的硬壳。她说：“你们在国内压抑得太久了。”她问我昨天是不是抱着映真和他的老父亲哭了，我说是。她说：“你真是非常可爱。”

不知道为什么，女人都喜欢我。真是怪事。昨天董鼎山、曹又方还有《中报》的一个记者来吃饭（我给他们做了卤鸡蛋、拌芹菜、白菜丸子汤、水煮牛肉，水煮牛肉吃得他们赞不绝口），曹又方抱了我一下。聂华苓说：“老中青三代女人都喜欢你。”

当然，我不致晕头转向。我会提醒我自己。

这样一些萍水相逢的人，却会表现出那么多的感情，真有些奇怪。国内搞了那么多的运动，把人跟人之间都搞得非常冷漠了。回国之后，我又会缩到硬壳里去的。

陈映真是很好的人。他们家移居台湾已经八代，可是

"大陆意识"很强。他在台湾是左派，曾经入狱几次。我跟他很谈得来。他"做"了我一次采访，长谈了一个上午。写了一篇印象记。我看了，还不错。他要我的书，我把《晚饭花集》和手头仅有的一本短篇小说选送给他了。——你们从北京寄的书，《晚饭花集》很快就收到了，短篇小说选的那一包一直没到，很可能是寄丢了。真糟糕！他可能会从这两本书里选出一本，在台湾人间出版社出版。我问他会不会和新地出的重复，引起纠纷，他说不会，他会处理的。

我把那四篇"聊斋新义"给了陈映真一份，他会在他主编的《人间》上发表。如果带了原稿回大陆发表，就成了一稿三投，——中国台湾、美国、中国大陆。这种做法在国外毫不稀奇。

古华叫我再赶出十篇聊斋来，凑一本书交陈映真在台湾人间出版社出版。我不想这样干。我改编《聊斋》，是试验性的。这四篇是我考虑得比较成熟的，有我的看法。赶写十篇，就是为写而写，为钱而写，质量肯定不会好。而且人也搞得太辛苦。我不能像古华那样干，他来 Iowa 已经写了 16 万字，许多活动都不参加。

Program 是个很好的组织。安格尔是个好诗人。我们在保险公司午宴会上，公司的老板说安格尔是文学的巨人。聂华苓接替他（安仍是顾问）作为领导人，20 年了，真不简单。我在电话里跟华苓说：你不是用你的组织才能，用理想来组织 Program，而是“感情用事”，你是用感情把世界上的作家弄到一起来的。她说：“Ya！ Ya！”明年，她将退休。Program 也许还会延续，但不会是这样了。至少不会对中国作家这样了。古华对她说：“我们赶上了末班车”，他说了一句聪明话。我感到 Program 可能会中断的。因为听说大学和 Program 矛盾很深，因为 Program 的名声搞得比爱荷华大学还要大。这类事，美国、中国，都一样。

我去不去旧金山，未定。我要办在香港多停留的签证，要三个星期。现在不能办，因为到芝加哥、纽约最好带护照，等到我回 Iowa 再办。我 11 月 14 日回 Iowa，等办好签证，留下的时间就不多了。看吧，来得及，改机票不困难，也许会到陈宁萍家住一下，然后从旧金山出境。

德熙说我在美国很红，可能是巫宁坤的外甥女王渝写信告诉他的。王渝说她写信给巫宁坤，说“汪曾祺比你精彩！”她说那天舞会，我的迪斯科跳得最好，大家公认。天！

今天下午华苓为陈映真饯行，邀请少数人，我今天大概不会哭。

明天我将赴芝加哥，25 日回。

曾祺

十月二十日

松卿：

我刚从芝加哥回来，有点累。

我们几个中国作家21日先到芝加哥（大队23日到），李欧梵请与芝大的中国学生做一次座谈。座谈不限题目。吴祖光谈得较多，我讲得很短。题目倒是很大：我为什么到60岁以后写小说较多，并且写成这个样子。

看了西尔斯塔，世界最高的建筑，103层。没有上去，在次高建筑96层上喝了一杯威士忌。芝加哥在下面，灯火辉煌。看了半天，还是——灯火辉煌。

和蒋勋看了艺术博物馆，很棒。这几天正在举行一个后期印象派的特展，有些画是从别处借来的。看了梵高①的原作，才真觉得他了不起。他的画复制出来全无原来的效果，因为他每一笔用的油彩都是凸出的。高更的画可以复制，因为他用彩是平的。有很多莫奈的画。他的睡莲真像是可以摘下来的。有名的“稻草堆”，六幅画同一内容，只是用不同的光表现从清早到黄昏。看了米勒的《晚祷》，真美。有不少毕加索的原作。有一幅他的新古典主义时期的画，《母与子》，很大，好懂。也有一些他后期的“五官挪位”的怪画。这个博物馆值得连续看一个月。可惜我们只能看两小时。

前天上午，六个中国留学生开车陪我和祖光去逛了逛。看了一个很奇怪的教堂。这个教叫 Bahai，创始人是伊朗的 Baha。这个教不排斥任何教，以为他们所信的上帝高于一切，耶稣、释迦牟尼、穆罕默德都是此上帝派出的使者。教义很简单，无经书，只有几句格言，如：“你们都是同一棵树上结的果子”……没有祈祷、礼拜。信教的人坐在椅子上，想你所想的。教徒也就叫 Bahai，乐于助人。任何人遇到困难，只要说一声“Bahai”，就会有教徒帮你。这个教可以入，——入教也并无仪式。教堂是个很高的白色建筑，顶圆而微光，处处都是镂空的，很好看。

我们又开车经过黑人区，真是又脏又旧。黑人都无所事事，吃救济。我们竟然在黑人区的小饭馆吃了一餐肯塔基[②]炸鸡。

昨天晚上，唐人街的一个中药店百理堂的老板请我和祖光去参加一个 Party。这位老板名叫陈海韶，是个画家。我们原来有点嘀咕，不知此人是何路道。去了一看，放心了。此人的画不错，是岭南派，赵少昂的学生。他约来的是芝加哥华人艺术家中的佼佼者，有些是有些名气的。吃了小笼包子、锅贴。会后，他又请祖光和我到 96 层楼上喝了饮料。这一晚过得不错。祖光和我应他之邀，各写了一张字。

今天归途中经过海明威的家乡。有两所房子，一处是海明威出生的地方，一处是海明威开始写作的地方。两处都没有明显的标志，只是各有一块斜面的短碣，刻了简单的说明。两处房子里现在都住着人家，也不能进去看看。芝加哥似乎不大重视海明威，倒是有一个叫 Wright 的名建筑师自己设计的房屋很出名。这所住房的结构的确很特别，但是进去看看要收 4 美元，大多数人都不舍得。在海明威的房屋前照了几张相，希望能照好。

我的右眼发炎，红了，但问题不大。钟晓阳给了我一点药，说是很好的消炎药。吃了药，洗洗，我要睡了。

（十月）二十五日晚

21号晚上，芝加哥领事馆请我们吃饭，在湖南饭馆，菜甚好，黄凡要喝茅台，李昂要喝花雕，大概花了领馆不少钱。与领事认识，有方便处。文化领事王新民说以后由芝加哥出境时，他将帮我去办手续，送我们上飞机。

我如在香港停留，将重办英国的签证。因为看了原来的签证，有效日期只到9月2日。来是来得及的。等我11月14日回到Iowa，就办这件事。

二十五日晚

吃了钟晓阳给我的药，睡了一大觉，眼睛基本上好了。我原来有点担心，因为我的右眼曾得过角膜炎，怕它复发了。结果不是。我的感觉也不一样。角膜炎会不断感到“磨”得慌。现在看来已无问题。聂华苓很关心，她说实在不行上医院。Iowa医院挂号费即要70 $。已经好了，不必花这笔钱了。

在芝加哥还有一位美国老板老费（他让我们叫他老费）请了一次客。他想拍中国的电影。他是通过张蕾（《红楼梦》电视剧演秦可卿的）和我们认识的。张蕾在芝加哥留学。这孩子很聪明。

我到耶鲁、哈佛等处演讲的题目除了《传统文化对中国当代文学的影响》外，还想讲一次《中国作家的语言意识》。有机会，讲一次《京剧》，讲的时候可能要唱几句。

旧金山大概不去了。

聂华苓有《聊斋》。11 月 14 日以后，我大概就会在 Iowa 写“聊斋新义”。不急于出版。如果写够一本书，可寄到香港由古剑转给陈映真。

我们的归期不能改。12 月 15 日必须离开 Iowa，否则机票作废。到香港逗留几天，即可回家了。我出国时间已经超过一半了，回家在望矣。

刚才接王浩电话，到纽约安排已定。10 月 31 日到纽约，由一个美国诗人开车来接我们（王浩自当同来）。11 月 1 日金介甫带我们出去逛。星期一（11 月 2 日），郑愁予把我们拉到纽海芬（王浩说我们也可以乘火车去），当天下午四点和七点在耶鲁和另一大学演讲（一天讲完，也好）。星期二、三，王浩请我们去美国最大的歌剧院去看歌剧及听音乐会（贝多芬第七交响乐）。王浩说郑愁予非常欣赏我的 Taste，王浩说：“哎呀，真是欣赏！”我在耶鲁也许会讲京剧。两处都会有一点报酬，郑愁予说不会多。古华说，挣一点零花钱。

今天下午，我们做了一次讲座，对象是 Iowa 大学的文科高年级学生及研究生。我讲的是“作家的社会责任感”。讲完，提问。一个女生说：她不是提问题，只是想表示 Wang 的讲话给她很大启发，很新鲜，而且充满智慧。Wa！

十月二十六日

这个女生是个左撇子，记笔记很认真，长得不好看，但有一种深思的表情，这在美国女生里很少见。Mayflower 住了很多大学生，女生好像比男生还多。她们大都穿了很肥大的毛线衫，劳动布裤子，运动鞋。不少女生光着脚到处走。前些时天暖和，甚至有人光脚在大街上走。她们穿着不讲究，怎么舒服怎么来。脸上总是很满足，很平淡的样子，没有忧虑，也不卖弄风情。我在 Iowa 街上只看到过一个女的把头发两边剃光，留着当中一条，染成淡紫色。美国大学生不用功，只有考试前玩几天命，其余时间都是玩。他们都是些大孩子。

11 月的最后一个星期六是美国的鬼节，据说很热闹，大家都画了脸或戴面具。如果让我画，我就画一个张飞！过了鬼节，就等着过圣诞节了。

Iowa 的秋天很好看。到处都是红叶。市政当局有意栽各种到秋天树叶变红的树。一天一个颜色。这两天树叶落了。据说到冬天都是光秃秃的。

漓江出版社有没有问我买多少书（自选集）？我想这回多买一点，精装的 100，平装的 250。

我的小说选还没寄到，大概是丢了。

曾祺

十月二十七日上午

注释：

①“梵高”现在通译为“凡·高”。

②“肯塔基”现译为“肯德基”。

松卿：

我到美国已经两个月了。日子过得很 smooth。明天去纽约。11 月 14 日从波士顿回 Iowa。

寄我的讲话给你们看看。讲的时候我没有带稿子。前面加了一点话："也许你们希望我介绍中国大陆当代文学的一般情况，但是我不能。我的女儿批评我，不看任何中国当代作家的作品，除了我自己的。这说得有点夸张，但我看同代人的作品确是看得很少。对近几年五花八门，日新月异的文艺理论我看得更少。这些理论家拼命往前跑，好像后面有一只狗追着他们，要咬他们的脚后跟……因此，我只想谈一个具体的问题：作家的社会责任感。这是一个很没有趣味的问题。"

谈作家的社会责任感

今天我只想谈一个具体问题，作家的社会责任感问题。前几年，中国的作家曾经对这个问题发表了不同的意见。作家写作要不要考虑自己作品的社会效果？与这个问题有关的，还有另一个问题，即作家是写自己，还是表现"人"的生活。

有些作家——主要是为数不多的青年作家，声言他们是不考虑社会效果的。我想写什么，就写什么；想怎么写，就怎么写。他们表现的是自己。我年轻时也走过这样的路。后来岁数渐大，经历了较多生活中的酸、甜、苦、辣，春、夏、秋、冬，在看法上有所改变。我认为一个作家写出一篇作品，放在抽屉里，那是他自己的事。拿出来发表了，就成为社会现实的一个组成部分。作品总是对读者的精神产生这样那样的影响。正如中国伟大的现代作家鲁迅说的那样：作家写作，不能像想打喷嚏一样。喷嚏打出来了，浑身舒服，万事大吉。

有些作家把文学的作用看得比较直接，希望在读者心中产生某种震动，比如鼓舞人们对于推动中国现代化的激情，促进高尚的道德规范……他们的作品和现实生活贴得很紧，有人提出文学要和生活“同步”。对于这样的作家，我是充满尊敬的。但是我不是这样的作家。我曾经在一篇小说的后记里写过：小说是回忆，必须对热腾腾的生活熟悉得像童年往事一样。我认为文学应该对人的情操有所影响，比如关心人，感到希望，发现生活是充满诗意的，等等。但是这种影响是很间接的，潜在的，不可能像阿司匹林治感冒那样有效。我希望我的作品能滋润人心。中国唐代著名诗人杜甫有两句描写春雨的诗“随风潜入夜，润物细无声”，可以用来描述某些文学作品的作用。

谢谢！

在“同步”说以后，我加了几句：我认为文学不是肯塔基炸鸡，可以当时炸，当时吃，吃了就不饿。

到耶鲁、宾夕法尼亚大学、哈佛，讲什么，我真有点发愁。主要讲稿是传统文化对中国当代作家的影响。但我觉得这题目很枯燥。我在爱荷华、芝加哥的讲话都是临时改换了准备的内容，这样反而较生动，到纽约见到郑愁予后和他商量商量，必要时随机应变。

我到纽约，本想带一套深色的西服，穿汪朝给我买的双层夹克，后来考虑还是穿那件毛涤纶的西服去，因为夹克的口袋浅，机票、钱，容易滑出来。穿

涤纶西服，则可以放在里面不同的口袋里。你到底要买什么东西？电动打字机、彩电加录像放映机？还是什么都不要，带报关的证件回大陆买？该定了，不要一会一个主意。

卉卉、方方的衣服要哪个季节穿的？单的？夹的？冬天穿的？我想还是买冬天穿的比较合适。铺子里要问几岁孩子穿的，是不是说一个五岁的，一个四岁的？

古剑要求我把散文集、评论集的在台版税授权给他，我已复信说：可以。反正得在香港委托一个人，集中给一个人，省得麻烦。你寄给古剑的照片、小传等等，"新地"的《寂寞与温暖》要再版时加上。

我 14 日回 Iowa，希望你收到信后给我写一信，这样回来可以看到。

我回来要吃涮羊肉。在芝加哥吃了烤鸭，不香。甜面酱甜得像果酱，葱老而无味。

听说北京开了一家肯塔基炸鸡店。炸鸡很好吃，就是北京卖得太贵了，一客得 15 元。美国便宜，一块多钱，两大块。

我要到外面草地上走走去。

曾祺

十月三十日下午

松卿：

我又回来了。Mayflower 是我们的家。蒋勋、李昂、黄凡都回来了。他们都说："回家了。"说在外面总有一种不安定感。昨天下午到的。在自己的澡盆里洗了洗澡，睡在自己的床上。今天早上用自己的煤气灶煮了开水，沏了茶，吃了自己做的加了辣椒酱的挂面，真舒服。我要写一篇散文：《回家》。虽然 Mayflower 只是一个 Residence Hall。

我旅行了半个月。路线是 Iowa City—芝加哥—纽约—纽海芬—费城—华盛顿—马里兰—费城—波士顿—芝加哥—Iowa City。

一路接待都很好，接，送。否则是很麻烦的。芝加哥、纽约、波士顿的机场都非常复杂，自己找，很难找到。纽约住王浩家，费城住李克、李又安家，马里兰住在马里兰大学的宾馆里，波士顿住在一个叫刘年玲的女作家（即木令耆）家。回芝加哥是打电话请芝加哥领事（管文化的）王新民接我的。最后一站由西达碧瑞斯机场到 Iowa City 是赵成才请一留学生开车去接我的。

在纽约，头一天（31 号）休息。第二天，金介甫夫妇开车带我们去看了世界贸易中心，即号称"摩天大楼"者。这是两幢完全一样的大楼，有一百多层，全部是不锈钢和玻璃的。这样四四方方，直上直下的建筑，也真是美。芝加哥的西尔斯塔比它高，但颜色是黑的，外形也不好看，不如世界贸易中心。看了唐人街、哥伦比亚大学。1号下午即被郑愁予（台湾地区诗人，在耶鲁教书）拉到纽海芬，住在他家。两天后回纽约。当晚在林肯中心世界最大的歌剧院看了歌剧《曼侬》。歌剧票价很贵，这个歌剧最高票价95＄。王浩买的是40＄的，二楼。这个歌剧院是现代派的，外表看起来并不富丽堂皇，但是一切都非常讲究。4号白天《中报》的曹又方带我和古华到“炮台公园”去看了看自由女神（我们在世界贸易中心已经看过一次）。远远地看而已。要就近看，得坐船（自由女神在一小岛上），来回得两个小时。不值得。就近看，也就是那么回事。4号晚上听了一个音乐会，很好。前面是瓦格纳的一首曲子，当中是贝多芬的第七交响乐，最后一个我没有记住（说明书不知塞到哪里去了），但曲子我很熟，演奏非常和谐。

我和王浩四十一年没有见了，但一见还认得出来。他现在是美国的名教授（在美国和杨振宁、李政道属于一个等级）。他家房间颇多，但是乱得一塌糊涂，陈幼名不在。但据刘年玲说，她要在，会更乱。这样倒好，不受拘束。王浩现在抽烟，喝酒。我给他写的字、画的画（他上次回国时托德熙要的），挂在客厅里。

李克、李又安是很好的美国人。他们家的房子是老式的，已经有一百多年历史，干净得不得了。因此我每天都把床“做”得整整齐齐的。他们的生活是美国人里很有秩序的。每天起得较早，七点多钟就起来（美国人都是晚睡晚起的），八点半吃早饭。李又安得了肺癌，声音都变得尖细而弱了。她原计划今年到中国，因为身体不好，未成行。她想明年到中国去，我看够呛。她精神还好，唯易疲倦。她好像看得不那么严重。你给德熙打电话时，告诉他李又安得了癌。

Maryland 大学请我去的是余教授，她是教现代中国文学的。到 Maryland 的晚上，她请客，开门迎接时说："我是余珍珠"，我以为是余教授的女儿。此教授长得不但年轻，而且非常漂亮。是香港人，英语、国语[①]、广东话都说得非常地道。我演讲时她当翻译，反应极敏锐，翻得又快又好。李又安说她曾在联合国当过翻译，有经验。

费城没有什么好玩的。有一个独立厅，外面看看，建筑无奇特处，只是有纪念意义而已。因为下大雨，我们只在车里看了看。李克说里面就是一间空房子。到宾州大学博物馆看了看，“昭陵六骏”的两骏原来在这里！李克说他曾建议还给中国，博物馆的馆长不同意，说：“这要还给中国，那应当还的就太多了！”晚上看了看馆藏东亚美术画册，有一张南宋的画，标题是 fishingman on the river，我告诉李克，这不是打鱼，而是罱泥。李克在第二天我的演讲会上做介绍时特别提到这件事，以示“该人”很渊博。

华盛顿是非看不可的，但是正如那位娇小玲珑的余教授所说：不看想看看，看看也不过如此。去看了“大草坪”，一边是国会大厦，一边是林肯纪念碑。林肯纪念碑极高，可以登上去（内有电梯），但是候登的人太多，无此雅兴也。倒是航天博物馆开了眼界。阿波罗号原来是那么小的一个玩意（是原件），登月机看来很简单，只有一辆吉普那么大，轮子是钢的，带齿。看了现代艺术博物馆。毕加索已经成了古典了，展品大都看不懂。有一张大画，是整瓶的油画颜色挤上去的，无构图，无具象，光怪陆离。门口有一大雕塑，只是三个大钢片，但能不停地摆动。美国艺术已经和物理学、力学混为一体。看了白宫，不大。美国人不叫它什么“宫”，只是叫“白房子”，是白的。据说里面有很多房间，每星期一——五上午 10 点到 12 点可以进去参观。我们到时已是下午，未看。

波士顿据说是很美的，我看不出来。主要是有一条查尔士河，把许多房子都隔在了两岸，有点仙境。刘年玲带我们去看了一个加勒夫人的博物馆。加勒是个暴发户，打不进波士顿的“四大世家”的交际界，于是独资从意大利买了一所古堡，原样地装置在波士顿。这是一所完全意大利式的建筑，可以吃饭，刘年玲说这里的沙拉很有名。我们都叫了沙拉，原来是很怪的调料拌的生菜。在国内，沙拉都有土豆，可是这种叫作“凯撒[②]沙拉”的一粒土豆都没有，只有生菜！我对刘年玲说：我很怀疑吃下这一盘凯撒沙拉会不会变成马。去市博物馆看了看，很棒！宋徽宗摹张萱捣练图在那里。我万万没有想到颜色那么新，好像是昨天画出来的。中国的矿物颜色太棒了。我很想建议中国的文物局出一本“海外名迹图”。

在波士顿遇法国的一位Annie女士。此人即从法国由朱德熙的一位亲戚介绍，翻译我小说的人。她（和她的丈夫）本已购好到另一地方（我记不住外国地名）的飞机票，听说我来波士顿，特别延迟了行期。Annie会说中文，甚能达意。她很欣赏《受戒》《晚饭花》，很想翻译。我说《受戒》很难翻，她说“可以翻”。她想把《受戒》《晚饭花》及另一组小说（好像是《小说三篇》）作为一本。我说太薄了。她说“可以”。法国小说都不太厚。Annie很可爱。一个外国人能欣赏我的作品，说“很美”，我很感谢她。她为我推迟了行期，可惜我们只谈了半个钟点还不到。Annie很漂亮。我说我们不在法国，不在中国相见，而在美国相见，真是“有缘”。

我在东部一共作了五次演讲。在耶鲁、哈佛、宾大讲的是《中国文学的语言问题，或中国作家的语言意识，或我对文学语言的一点看法》，在三一学院和Maryland讲的是《传统文化对中国当代文学的影响》。在三一学院讲的不成功，因为是照稿子讲的，很呆板。听的又全不懂中文。当翻译的系主任说英文稿翻得很好，是很好的英文，问是谁翻译的，我说是我老伴，他说："你应该带她来。"同样的内容，在Maryland讲得就很成功。

我在Iowa City没有什么事了。20号要讲一次美国印象。24号要到衣阿华州的西北大学演讲一次，我想还是讲语言问题，——我对语言有自己的见解，语言的内容性、文化性、暗示性、流动性，别人都没有讲过。我在哈佛讲，有一个讲比较文学的女教授，说听了我的演讲可以想很多东西。

（十一月）十五日～十六日

注释：

① 国语现称普通话。

② "凯撒"现通译为"恺撒"。

松卿：

你要的《莎士比亚全集》买到了。一厚册。37个戏剧和诗都在内。旧书店有两种，一种7.5 $，一种4.5 $，我买到前一种，因为字体稍大，纸张也好。这种书可遇而不可求。香港买，也不一定便宜。这会对你有用的。同时又买了一本《世界诗选》，这是一本总集体的世界诗选，是分类选的，如田园诗，爱情诗……老赵说这本书很好。也是7.5 $。《文学辞典》没有。老赵和我到旧书店的地下室看了半天，也没有。

今天下午我们去参加"美国印象座谈会"。我讲了三个小事：林肯的鼻子是可以摸的；野鸭子是候鸟吗；夜光"马杆"。会后好几位女士都来摸我的鼻子（因为我说了谁的鼻子都可以摸，没有人的鼻子是神圣的）。聂华苓说："你讲得真棒！最棒！"我每次座谈都是挺棒的。

刚才我下去（我们住8楼）去看有没有信。那位墨西哥作家（即欣赏我的眼睛和脸的）说我的讲话像果戈理的故事。他太文雅了，讲话没有我那样泼辣。——他所以说我的讲话像果戈理的故事，是因为果戈理写过一篇《鼻子》的短篇小说。

买了一顶毛线帽子，旧的，0.75$。回来洗洗，挺好。我原想买一顶新的，没有看到合适的。行了，这顶帽子一直可以戴到北京。除了告别宴会，不会有什么正式场合。参加宴会时把帽子塞到风衣或羽绒服口袋里就得了。

美国就要过感恩节了。有两起美国人请古华和我吃饭。我得问问人，要不要带点礼物。

汪卉的画很好。她已经会写“卉”字了。我回来后要给她买一盒颜色，一个调色碟，几支毛笔，一卷纸，让她画大一点的。她好像有画画的才能。

小仉给我打电话来，瞎聊了一气。她到美国好像娇了一点了。她说这两天要给你写信。她在那里很累。英语写作班有 150 人，两个人改卷子。美国学生英文又错得一塌糊涂。她想家，天天在算日子。

Iowa 大学授予我一个荣誉研究员（Honorary Fellow in Writing）的头衔，我不知道有什么用。证书我留着，带回来看看。反正我也不会嵌在镜框里，把头衔印在名片上。

这里可买的东西我斟量着买，到香港要买的东西务必单在一张纸上开一个清单。我 12 月 15 日离 Iowa，17 日中午到香港，在香港停四五天，即回北京。

我不想去西部了。Program 11 月 29 日告别 Party。只剩下半个月了，又跑出去折腾一下干什么？大冬天旅行，究竟不方便。住在人家，也不自在。——住在王浩家、李克家是自在的。我游兴不浓，因为匆匆忙忙，什么也看不到。我连纽约、华盛顿、波士顿的大概方位都不清楚，只是坐在汽车里由别人告诉这里是什么，那里是什么。我印象最深的是梵高、毕加索、宋徽宗的画。感恩节到 29 日大概都坐不住，以后半个月我要写一点东西，《聊斋》、散文。

有四个外国作家来信，说保罗和聂华苓为 Program 工作了二十年，现在退休了，他们建议将 Iowa 大学的一所建筑以他们的名字命名，请同意者签名，我已经签了。我给华苓和 Minita 都写了一封感谢信。给华苓的写得很感伤。中文原底会带回来给你们看看（英文的请老赵翻译）。

与王瀹通了电话，《聊斋》已发了两篇，还有两篇待发。她让古华带了 35 $ 给我，我问她是怎么回事，这算是什么标准？她说她那天在书店里，身上只有那么多钱，不是全部稿费。我叫她把那两篇在我走之前发，稿费也在我走之前寄来。

生了暖气，太干，今天我把暖气关了。北京多少度（这里用华氏，我老是算不过来）？我想我的衣服在这里够了。我还没有穿尼龙裤，还有一件较厚的毛衣，一件羽绒衣，够了。

小仉问汪朝“怎么样”了？没有什么消息吧？

曾祺

十一月二十二日

“我要回来了，很兴奋！”

松卿：

我给聂华苓的信，原说是请赵成才翻译一下。赵下午从我处取走，中午即将中文稿交给聂。华苓在两点钟（我还没有睡醒）给我来电话，说这封信她将永远保存。原信如下：

亲爱的华苓：

感谢你。

你和保罗·安格尔创立了迄今为止世界上独一无二伟大的、美好的事业——国际写作计划。

你向全世界招手，请各国作家到这座安静、清雅的小城 Iowa City 来，促膝长叙，杯酒论文，交换他们的经验、体会和他们的心。所有的作家都觉得别人很可爱，并觉得自己比平日更可爱。这是受了你和保罗的影响，因为你们很可爱。

作为一个中国作家，我本来是相当拘束的。我像一枚包在硬壳里的坚果。到了这里，我的硬壳裂开了。我变得感情奔放，并且好像也聪明一点了。这也是你们的影响所致。因为你们是那样感情奔放，那样聪明。谢谢你们。

你是个容易感情冲动的人。因此你才创立了这样一个罗曼蒂克的事业。这种冲动持续了 20 年，伟大的，美丽的冲动。

你和保罗即将退休，但是你们栽种的这棵大橡树将会一直存在下去，每到秋天，挂满了绚丽缤纷的叶子，红的，黄的，褐色的……

谢谢你们！

汪曾祺

十一月二十四日

陈若曦来电话，说我送她的画和《晚饭花集》均收到（是托李昂带去的），她说对《晚》集“喜欢得不得了”（她说她全看了），但她没有坚决要求我去西部，所以我不想去西部了。11 月 29 日 ~ 12 月 15 日，只半个月，我何苦去奔波一趟。我想就在 Iowa City 休息两星期，写写信，顶多写点散文，算了。《聊斋》续篇恐在此也难写，我得想想。你叫汪朗或汪朝给我买一套《聊斋》的全本。我带来的是一选本，只选了著名的几篇，而这些“名篇”（如《小翠》《婴宁》《娇娜》《青凤》）是无法改写的，即放不进我的思想。我想从一些不为人注意的篇章改写。你原来买过的《铸雪斋抄本》被我带到剧院，已不全。而且影印的字体看了也不舒服。你让汪朗或汪朝买排印本，且价廉的。我想改写《聊斋》凑够十多篇即交台湾出版。

《寂寞与温暖》销得不错。10月—11月已售一千册。——台湾一版2000册。

古剑要求我把评论集和散文集在台湾出版事宜授权给他，我已同意。让他得2%的好处也无所谓。我答应将《晚饭花集》授权施叔青。反正在国外就是这样，交情是交情，钱是钱。像林斤澜那样和浙江洽商《晚翠文谈》，门也没有。

Program让我们推荐将来参加的作家，我准备提林斤澜和贾平凹。但他二人身体均不好，贾平凹又拙于言辞，也很麻烦。作家最好能说会道。去年燕祥在此，即留给人印象不深，因为他太谦抑了。倒是阿城，魅力至今不衰。女人对他尤为倾倒。

二十四日

爱荷华的树叶全落了，露出深黑色的树干。草也枯黄了。我在这里还有整二十天。很奇怪，竟然有点依依不舍的感情。

明天感恩节，应该送点礼物。蓝蓝的，我留一张画给她（是她自己挑的）。给聂华苓什么呢？黄凡送了我一个水晶玻璃的盒子，用来转送别人，不合适。茶叶还有，但她家里茶叶有的是。忽然想起，可以送她两支毛笔。装在一个锦盒里，还像样。我这二十天里不会再画画，也没有纸了。要画，还有两支用过的笔。——这两支是没有用过的。笔，我回来再买就是了。

《一捧雪》后来不知演出过没有？我对这个戏比较满意，证明我的试验是成功的，小改而大动，这给戏曲革新提供了一个例证。演员也好。

我回去将给艺术室讲一次美国见闻。我曾经给出国的人提过意见：你们出了一趟国，回来也不给大家讲点什么呀？

作法自毙。不过只是聊聊而已，用不着准备。我不会做大报告。

在美国报纸上看到沈公奇迹般的痊愈了，是吗？你打电话给张兆和问问看。我在耶鲁未见张充和，因为她已去敦煌。

我回去大概得办离休了。

收到此信，即复一信，估计还能收到。这是你寄到 Iowa City 的最后一封信了。有什么话，扼要地说说。

我要回来了，很兴奋！

曾祺

十一月二十五日

松卿：

Program 让我们推荐明年参加的本国作家，我本想推荐斤澜和贾平凹。但斤澜的心脏很麻烦，似不宜远行及在国外久住。贾平凹身体也不好。想推荐宗璞，她因老父亲多病，也不便离京。聂华苓倾向于请李陀来，也好。

我已将离爱荷华及到香港时间函告董秀玉、古剑、潘耀明。你要买的东西也开给古剑了。

前夜接到一个叫许以祺的来电话，他说在香港遇董秀玉，董让他告诉我台湾地区联合文学出版社要出那本《茱萸集》，让我签一委托书给许。三联仍在港出《茱萸集》，许说无妨碍。我在电话中答复他，可以。如在台湾地区出，当改名为《汪曾祺小说自选集》，这样于销路上有好处。那篇小序可以不要。

Iowa 下雪了，不大。我的衣服可以够穿。尼龙裤、羽绒服都还未拿出来。香港现在还热，我去了恐只能穿单西服。我把那件色浅而较小的送到洗衣店洗了，三块多钱，一个半小时就得了。

Program 的作家都走了。Party 因为保罗身体不好，大家没有闹得太晚，也不大伤感。约夜十一时回到 Mayflower，几个拉美作家强拉我去他们屋里喝了一杯威士忌。他们说说西班牙语的作家都很喜欢我。我给那位墨西哥诗人画了一张画，塞进他的门缝（他不在家），他夜里两点钟敲门道谢。聂华苓很奇怪，为什么这些洋人会喜欢我，而且有些事为我打抱不平。我也不知道。那天晚上我用很坏的英语跟他们聊了一晚（他们的英语也不好），居然能讲通。

现在，Mayflower 只剩下三个人了：我、古华、钟晓阳。

我在爱荷华只有十一天了！十三号我要做几样菜请客。

曾祺

（十二月）四日

松卿：

已接许以祺从休斯敦寄来台湾地区联合出版社委托他作为出版社代表人和我订版权转让契约（这次是出版社找了代理人，不是我找代理人）。两种，一种是初版付10%版税，以后延续；一种是一次付清版税（即所谓“买断”），五万新台币，折合美金1500元。我倾向于后一种，省得以后啰唆！不过我两种都签了，由他斟酌。台湾出书很快，交稿后十天即可出书。这本书可能明年一二月即出。拿它1500$再说。

我过香港停留签证已从芝加哥英领馆办下，可以停留七天。我已致函芝加哥中国领事馆王新明领事，请他帮我办一下出境手续（我前在芝加哥已向他提出，他说没问题），临行前三四天再给他去个电话。他把我送上飞机，即无问题。香港方面，我已给董秀玉、潘耀明、古剑去了信，他们一定会接我的。临行前也要给潘耀明去个电话。到了香港，就踏实了。

两位黑人学者请我去聊了一晚。一个叫Herbert，一个叫Antony。Herbert在一次酒会上遇到我，就对我很注意。以后我每次讲话他都去听。他认为我是个有经验、有智慧的人。他读了四个学位，在教历史，研究戏剧。他跟我谈了他的一个剧本的构思，我给他出了一点主意，他悟通了，非常感激。

跟他们谈了五个小时，使我明白了一些美国黑人的问题。他们没有祖国，没有历史，没有传统。他们的家谱可以查到曾祖父，以上就不知道了，是一段空白。因为是奴隶。他们不知道他们是从非洲什么国家，什么民族来的。非洲人也不承认他们，说“你们是美国人”。他们只能把整个非洲作为他们的故乡，他们不知道他们的族名。Black people，Negro 都是白人叫的，他们不知道自己叫什么。他们想找自己的文化传统，找不到。美国的移民都能说出他们是从英格兰来的、苏格兰来的、德国来的、荷兰来的……他们说不出。

我从他们的谈话里感到一种深刻的悲哀。我说了我的感觉，他们说“yes！ yes！ yes！”

我这才感到“根”的重要，祖国、民族、文化传统是多么重要啊。我们有些青年不把民族当一回事，他们应该体会一下美国黑人的感情。他们真是一些没有根的人。Herbert 说《根》那本书是虚构的，实际上作者没有找到根。他们说 Iowa 种族歧视好一些，有些地方还很厉害。种族歧视的取消，约翰逊起了很大作用。Herbert 出去当了四年兵，回来时发现：这是怎么回事，全变了。黑人可以和白人坐一列车，在一个餐馆吃饭。但是实际上还是有区别的。白人杀了黑人，关几年，很快就放出来了；黑人杀了白人，要判重刑，常常是一辈子；黑人杀黑人，政府不管：你们杀去吧，这样才好！

他们承认，美国黑人大部分都很穷、很脏、犯罪率高。我问他们这主要应该由制度负责，还是黑人自己负责。他们沉思了一下，说主要还是制度问题。从南北战争到现在，二百多年了，黑人始终不能受很好的教育，住得不好，吃得不好，所以是现在这样。我说黑人当中正在分化，一部分受了教育，成了中产阶级，一部分仍处在贫穷状态中，是不是这样？他们说：是。我在芝加哥看到不少黑人女人，穿戴很讲究，珠光宝气。有些人，比如他们，已经是大学的学者。他们说中产阶级是有的，但黑人里没有一个是大企业主。本届总统竞选，有一个候选人是黑人，这是历史上没有过的。我问他们上升为中产阶级的黑人，在“心态”上比较接近白人，还是比较接近下层黑人，他们不假思索地说：“白人。”因此下层黑人也不把上升为中产阶级的黑人当作自己的人，说：“你们和我们不一样”。我问，下层黑人希望你们为他们做什么，他们说：“他们希望我们替他们说话，但是我们不能这样做。鞋子只能自己提。能解决他们问题的，只能是由他们当中出来的人。我们，只能写他们。”黑人问题是美国一个大问题。我问他们怎样解决，革命，这是不可能的。他们说，只能通过教育。这是美国阶级斗争的一种很特殊的形式。最后 Herbert 问我：“我们找不到自己的历史，你说我们应该怎么办？”我说：既然找不到，那就从我开始。他说：“That's right！”

（此信这一部分请代为保留，我回来后也许会写一点关于黑人问题的文章）

我想这篇文章的题目可以是《悬空的人》。

十二月六日

Herbert 要了解中国的京剧，我把那份英文稿送给他了。

就在 Herbert 等找我聊天的当晚，发生了一件事：我的房间失窃了。这位小偷不知是怎么进来的。搬走了我屋里的电视机，偷了我 600 $ 现款。就在我熟睡时。这位小偷挺有意思。除了这些东西，他把我的毛笔、印泥、空白支票本、桌上不值钱的（别人送我的）小玩意都拿走了。连同我给汪卉买的系小辫的小球球也拿走了。把我的多半瓶 Vodka 拿走了。他一定还尝了一口，瓶盖未拿走。刚才我才发现，把台湾《联合日报》副刊主编陈怡真（女）送我的一个英国不锈钢酒壶也拿走了。瓶里有聂华苓给我灌的威士忌。今天下雨，冷，我想喝一杯威士忌，才发现酒壶也叫他拿走了。聂华苓说 Program 将从基金内开一张支票给我，说：你到香港可以给孩子买点东西。她很抱歉，发生了这样的事。这类事在 Iowa 发生得不多。我第二天即通过老赵报了警。警察也代表 Iowa City 道歉，他说两三天内可以侦破。不过按美国惯例，退还赃款得要半年。因此，聂华苓说给我开一张 600 $ 的支票，我就拿着吧。Program 没有多少钱，但 600 $ 在 Program 还不算什么。保罗说幸亏我当时熟睡未醒，否则将不堪设想，“该人”会给我一刀。Iowa 治安是很好的，竟然发生了这样的事。美国治安可见一斑。从这位“雅贼”的行径看，此人肯定是一酒徒，说不定还是吸毒者。他知道中国人身边爱存现款（美国人家一般不存 100 $ 以上现款，都是开支票）。这不怪我，身边有那么多现款是因为到东部旅行而取出来的。聂华苓说我们走时将给我们开“旅行支票”，这样就保险了。

我倒没什么，古华吓得不得了。现在 Program 八楼只有三个人住：古华、我，还有钟晓阳。我跟聂华苓通电话，觉得还是不告诉钟晓阳为好，免得她害怕。聂同意，但嘱咐我们以后如有人请客，最好带她一同去，一个二十三岁的女孩，一个人住两间房，是有点怕人。

近日镜中自照，觉得我到美国来老了很多，很明显。这样好，免得麻烦。承认已到晚年，心情是很不一样。

聂华苓听说陈怡真送我的酒壶丢了，高兴极了，说：“我正想送你什么好，这下好，我再买一个送给你！”她知道你给我的皮夹子也丢了，说：“正好，我有一个很好的皮夹子。”我的皮夹子里没有什么，只有几十元的人民币，这位贼把人民币偷走，干什么用呢？幸好，他没有把我的护照、机票拿走，否则就麻烦了。古华分析，此贼很可能是对我喷了轻量的麻醉药，否则不敢如此从容（他把我每个抽屉都翻了一遍）。可能。据昨日遇到的一位研究细胞的女学者说：美国现在有一种轻量麻醉剂，醒来后毫无异常感觉。此事亦我美国奇遇，可记也。

六日

美国的治安真是不好。刚才老赵电话中告我，Minita 听说我失窃，很不好受。她说美国好像专偷作家。南朝鲜诗人吴世荣（此人和我很好）在三藩市[1]把所有的东西，包括现款、支票都被人偷了。菲律宾的一位女作家在纽约机场排队时，一只手提箱被人拿走。我回来可就这种现象写一篇《美国家书》——我准备回来写一系列散文，总题为《美国家书》。

我离回家还有一个星期，我就看看书吧，看看安格尔的诗，聂华苓的小说（包括她翻译的亨利·詹姆士的小说——詹姆士的小说真是难读，沉闷得要死），还有别人的作品——美国华人作家寄给我不少他们的作品。读读海外华人的作品也很有意思，和大陆的全不一样。有的像波特莱尔，有的像 D.H. 劳伦斯。他们好像打开了我多年锈锢的窗户。不过看起来很吃力，我得适应他们的思维。我这才知道，我是多么"中国的"。我使这些人倾倒的，大概也是这一点。

曾祺

（十二月七日）

注释：

① 三藩市即旧金山。

“来信收到。
知道你们生活得很好，深以为慰。”

致异母兄妹汪海珊、汪丽纹[1]

海珊、丽纹：

来信收到。知道你们生活得很好，深以为慰。

刘子平[2]已来了信。他受高邮负责文化、宣传的同志之托，问我愿不愿意回高邮看看，参加辅导性的座谈。我已经回了一封较长的信，说我久有此心，但时间一时不能决定。我受《人民文学》之约，三两天内大概要去承德，约住个把月，须俟回北京后，才能考虑下一步的行止。我希望争取秋凉时回来；否则就等到明年春天。我还得跟我们单位领导商量一下，看看工作上能否走得开。

我和刘子平同志说，我回来，希望能帮助家乡的文化工作者做一点事：一，搜集、整理秦少游的材料；二，调查一下高邮的历史情况，主要是宋代高邮的情况；三，调查高邮明代的一个散曲作家王磐的材料。如果高邮的负责文化、宣传的同志和你们谈起，你们可建议他们做一点准备工作。高邮原有一部县志，现在不知还能找到否？我回来，希望能引导故乡搞文化的青年做一点切实的工作，如果只是吹吹牛，没有多大意思。

娘已八十四岁（是虚岁吧），身体还很好，令人高兴。请上复她多多保重。

即候佳适！

曾祺

（一九八一年）六月七日

注释：

① 汪海珊，作者异母弟。汪丽纹，作者异母妹。两人都是江苏高邮人。

① 刘子平，江苏高邮人，作者小学同学。

海珊、丽纹：

我从承德回来，又到青岛去住了半个月，回京后事又较忙，你们的来信未能即复，很抱歉。

关于我回乡事，刘子平已经给我来了信，我已复了。因为我今年夏天连续外出，为《人民文学》和《北京文学》写稿，没有给剧院做什么事，马上又开口要走开，有点不好意思，须等稍过几天，再向剧院领导提出。估计问题不大。你们建议我在重阳左右回来，我想再晚了也不行，要多带衣裳，殊为不便。

海珊的同学朱延庆说很想见见我，谈谈，我回来后一定约他晤谈。告诉他不要觉得紧张。我不是什么大作家，人也很随便。同时告他不要存多大希望，我是谈不出多少名堂来的。他如有现成作品，我愿意看看。现在就寄给我也行，等我回来看也行。

我的孩子汪朗随大姐到了高邮，听说你们盛情款待了他一番，他回来后还一直称道活鳜鱼和呛虾。我如果回来，请不要对我如此，你们就给我准备一点臭苋菜秆子吧。——当然这是说了玩的。没有臭苋菜秆子也行。你们送我的礼物，都收到，谢谢！

《人民日报》约我写稿，我答应先写一篇《故乡水》，从以前闹大水，写到今天的水利建设。你们如知道有经过民国二十年、甚至民国十年的大水的老人，请给我访访，我想找他们谈谈。

问娘和你们大家好！

曾祺

八月二十六日

致妹婿金家渝[1]

家渝：

前几天我正想给你写一封信，恰好今天收到你的信，这两天我身体又不太好，在家休息，没有做什么事，就先把这封信写了，——过两天一忙，就又没有时间了（我没有什么病，只是血压不稳定，有时接近正常）。

想给你写信，是我忽然想起新风巷口打烧饼的那个“七拳半”。我对他这个外号很感兴趣，想起也许可以写一篇小说，通过这个人，反映一下在新的经济政策之下，个体户的生活的变化。你帮我了解了解他的情况：他的身世，他家有几个人，他结婚了没有，他打烧饼的手艺如何，他跟哪些人来往，他业余有些什么兴趣，他说话有些什么习惯，他的“人缘”好不好，他晚上住在店里还是家里，……总而言之，有关他的一切。而且我很想了解一下类似这样的个体户的种种情况。这事不着急，你有空时打听打听即可。打听时不要露什么痕迹，不要告诉人了解这些干什么。我只想积累一些资料，这样间接了解，也是不大可能写出作品来的，像写出高大头那样的小说，是很偶然的。

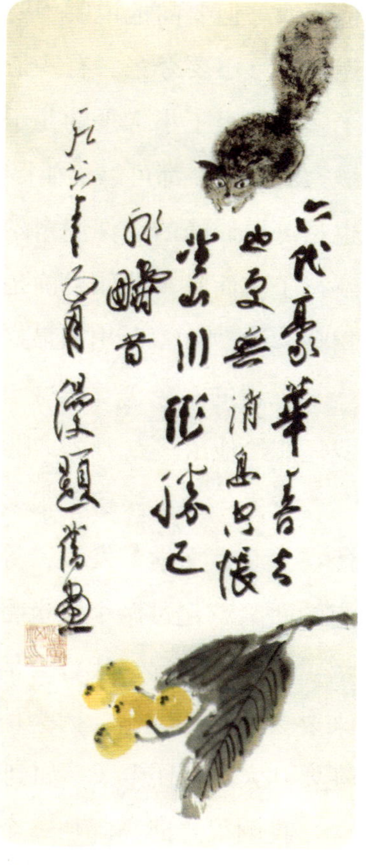

陆建华[2]找你了解那些事，是想写文章。他已经发表了有关我的好几篇论文，还想写一篇全面的《汪曾祺论》。其实写《论》也无须了解我的祖父、父母亲。他一定要问，你们可以把太爷、爷的名字告诉他。太爷的功名是“拔贡”，会看眼科，——大概我们的祖先从安徽迁来时就是以眼科医生为业的。爷会画画，刻图章。爷的为人，可以让他向别人了解，我们自己家里人说起来不便。倒是可以告诉他，爷是很聪明的，手很巧，做什么事（比如糊个风筝）都很细心，很有耐心。我的小说写得比较讲究，不马虎，这大概倒是跟爷这点“遗传”有点关系。另外，爷的生活兴趣很广泛，我的小说的不少材料都是从爷那里得来的，小说里的一些人物都是爷的熟人、朋友……这些，只要不是“吹牛”，不妨跟他谈谈。但要向他说明，要写这些，也要写得准确、朴素一点，千万不要夸张。有些情况，他可找张廷猷、刘子平等人了解。甚至王小二子的儿子、保全堂原来的那个先生、连万顺家的人……都可以给他提供一点情况。小姑太爷要是愿意，也是可以谈谈的。你们斟酌着办吧，对陆建华适当掌握分寸就行了。而且，他如果确是为了写文章，你们可以跟他打个招呼，说：“文章写出来最好让大哥过过目”。

海珊的对象怎么样了？来信没有提到，想来尚未定局。我还能给他出一点力么，比如再给什么人写信之类？

我去年一年旅行了很多地方。写了一篇新疆的游记，已经在《北京文学》发表，等我买到杂志，寄给你们看看。湖南的两篇游记过两个月也将发表，也会寄给你们，让你们了解了解我的情况，代替写信。今年我不想再到处跑了，但看来要去大连和庐山，因为他们已经约了我两三年。也许秋天还要到太湖去住十天。如到太湖，或许会到镇江和高邮看看。

我倒很想回高邮住一个较长时期。几个出版社都约我写长篇。我想写长篇，还只有写高邮。

今年出的年历不多，北京很少见到。我叫孩子上街看看，如有较好的，当买了给你们寄来。

刚才又来了几个约稿的客人，信被打断，不想再写，以后再写吧。

问娘好，问你们大家都好！

大哥

（一九八三年）一月十八日

汪朗工作已分配，在财贸报，工作条件很好，请告诉娘放心。

注释：

① 金家渝，生于1934年，作者妹（汪丽纹）婿，医生。

② 陆建华，生于1940年，江苏高邮人。是汪曾祺研究会会长，出版了汪曾祺研究专著4部，各种文章近百篇。汪曾祺视其为忘年交。

家渝：

我的《晚饭花集》已出书。亲戚故旧中有哪些人需要送书的，请你给我开个名单（包括地址），我好分头寄送。

我10月初应香港中国文化中心之邀将到香港访问十天。做衣服，办护照，有一些乱七八糟的事。8月底还要到大连去参加一个笔会。如果来得及，争取在8—9月把书寄出去，否则也许要拖到10月了。

久不得家中信，颇惦念。娘的身体还好？小姑老爹前曾来信，说家里的房子可以发还。你们申请了么？有无下文？如果能发还，那就好了，你们住的房子实在太挤了。陵纹有没有信？她说今年要搞养殖业，不知搞成了没有？

我近来身体还好，好像比前两年还好些。血压控制在90—130（服用了降压静）。因为要到香港去，我把残缺的牙都拔了，装了全义齿。现在装的是“即刻”，过一阵还得重装一副。

高邮有什么变化？有没有什么新鲜事？我前两年颇想回乡看看，近来此意渐消。再过两年吧，如果我还走得动。

得空，望给我来信。

即问全家好。给娘请安！

（一九八五年）曾祺 八月八日

写给师长、好友的信

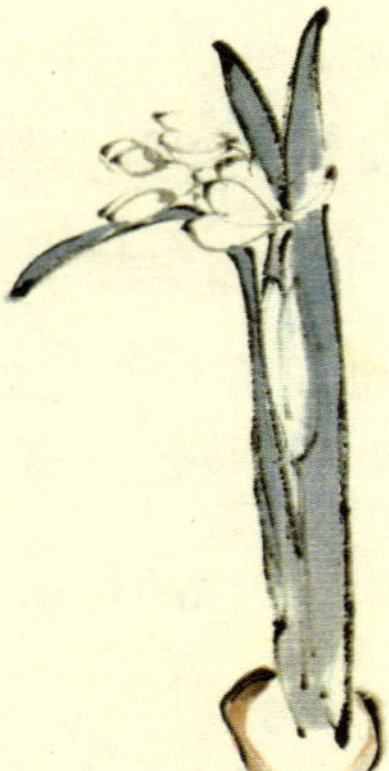

“我多复杂，多矛盾，你懂我。”

致同乡挚友朱奎元①

奎元：

我大概并未神经过敏：我们之间曾经发生过一点小小不愉快事情。

我两天来一直未能摆脱此事，则知你的生活也未必不受此影响。这点事实与推想，教人明白我们过往这些日子并未白费，证明我们关系并未只是形式。我非常自然地想到你与冯名世。思想范围既已不粘着在那件完全出于偶然事情上，心境便清爽平和得多。而觉得不可避免的冲动实在不应当支持下去。人有比自尊更切需的东西。

我把一向对你的了解在心里重新誊清一次：把你的性格，你的生活历程，你近日来的情绪，大概排比一下，对你的言行似乎更能同情。——你觉得“同情”两字有点刺伤你的骄傲么？所幸我自知并未居高临下地说这句话。

另一面，我也尽能力分析一下自己，也并未懊悔。你相当知道我的随便处与严肃处。知道我对于有些事并不马虎。尤其，我近来感情正为一件事所支配，我愿意自己对一些理想永远执持不变，并且愿意别人也都不与我的理想冲突。这两天最好我们不谈起有关女孩子事情。

因为想这些事，也连带想起许多别的事。我甚至于想到一生的事情，一切待面谈，写信有时免不去装腔作势。

我十二点钟来找你。怕你明天早晨不在，才写信。

明天也许在决定我生活方向上是一个相当重要的日子：我们系主任罗先生[②]今天跟我说，先修班有班国文，叫我教。明天正式决定。他说是先给我占一个位置，省得明年有问题。这事相当使我高兴。别的都还是小，罗先生对我如此关心惠爱，实在令人感激。联大没有领得文凭就在本校教书的，这恐怕是第一次。

好，十二点钟等我。

（一九四三年）曾祺

注释：

①朱奎元(1915—2011)，汪曾祺高邮同乡。中学时和汪曾祺共同就读于高邮中学，大学时就读于上海同济大学。1938年，同济大学迁至昆明，朱奎元来到昆明，毕业后在当地校办工厂任厂长。一年后汪曾祺也来到昆明，考入了西南联大。两人既是同乡又曾是校友，来往密切。汪曾祺把朱奎元当作知心朋友。这些信件中，除了1943年这一封朱奎元还在昆明，1944年、1945年朱奎元则到了贵州桐梓谋生。后来朱奎元又辗转去了重庆、台湾等地。朱奎元曾说，他颠沛流离50多年，一直将汪曾祺给他的信保存着，足见其友谊的珍贵。

②“罗先生”指西南联合大学中文系教授、语言学家罗常培。

奎元：

你走的那天是几号[1]，我不知道，是星期几也不清楚，我近来在这些普通事情上越发荒唐的糊涂了，我简直无法推算你走了已经多少时候。幸好你自己一定是记得的。你记得许多事情，这一天恐怕将来任何时候都在你心里有个分量。什么时候我忽然非常强烈地想知道我们分别了多久，你一定能毫不费事地告诉我。我放心得很。我想问的时候一定有，但不知那时还能够问你否。我近来伤感如小儿女，尽爱说这种话，其实也就是说说，不真的死心眼儿望多么远想。你大概不以为怪吧。

你动身时自己也许还有点兴奋，这点兴奋足以支持你平日明快的动作，就像阴天的太阳，可以教人忘记阴天（太阳只是个比喻，你走时是下点点雨的）。我是一夜未睡，恍恍惚惚的，脑子里如一汪浊水，不能映照什么，当时单看到那点太阳（那些明快的动作）。连动作其实比平日慢了些也想不到，所以还好。振邦[2]怎样，我不知道，我是一车子拉回来就蒙头睡了。那一阵子应当难过的时间既过去，也就没有什么了。人总是这样，一种感情只有一个时候。以后你如果要哭，你就哭，要笑，就笑吧，错过那个神秘的时候，你永远也找不到你原来的那个哭，那个笑！

我自然还是过那种“只堪欣赏”的日子。你知道的，我不是不想振作。可是我现在就像是掉在阴沟里一样，如果我不能确定找到一池清水，一片太阳，我决不想起来去大洗一次。因为平常很少有人看一看阴沟，看一看我，而我一爬出来，势必弄得一身是别人的眼睛了！你不了解我为什么不肯到方家去，到王家去，不肯到学校里去，不肯为你送那张画

片？但是除了南院之外，我上面所说地方差不多全去了，我是在一种力量衰弱而为另一种力量驱使时去的。于此可以证

明，我并非不要生活，不要幸福。自然，你路上会想到我，比平常想到时候更多。平常，我在你思索中的地位是西伯利亚在俄国，行李毯子在床底下，青菜汤在一桌酒筵上；现在，正是那个时候，你想起我的床，我的头发，我的说话和我的沉默了。所以，我告诉你这些。你希望我下回告诉你另外一些东西，希望我不大想起你那座小楼（因为我想起小楼时即表示我常想到那里去，表示我不能用另一个地方代替它）。

我缺少旅行经验，更从未坐过公路车子，不能想象你是如何到了桐梓的。我只能从一些事情连构出你的困难：一个人，行李重，钱不多……这些困难是不可免的，必然的，其他，还有什么意外困难么？昆明这两天还好，没下雨，你路上呢？车子抛锚没有？遇险没有？挨饿没有？着凉没有？这些，你来信自然会说，我不必问。

到了那边怎么样呢？顾先生[③]自然欢迎你，不然你没有理由到那里去。自然也不欢迎你，他信上说得很明白恳切。你必不免麻烦到他，这种出乎意料的事，照例令人快乐，也招人烦恼。我不知道你所遭到的是什么。如果他的招待里有人为成分，希望你不必因此不高兴。如果他明白他的麻烦的代价是非常值得的，以那种小的麻烦换得十分友谊，减少一点寂寞，他会高兴的。

我信到时，你的预定计划不知开了头没有？你必须在计划前再加一笔，就是如何计划实行你的计划。这几天的浪费是必需的。一些零零碎碎的事情先得处理好，就像住房子，吃饭，都得弄好，然后你才能念书，才能休息。这些琐屑事情，你比我会处理，大概不会因此生气。你的生活情形自然会告诉我的。

你要我写的文章，一时不能动手。你大概不明白我工作的甘苦。文章本身先是一个麻烦。所写的题目又是一个麻烦。我如果对一个对象没有足以自信的了解，决无能下笔。你有许多方面我还不知道，我知道你不少事情，但其中意义又不能尽明白。我向日虽写小说，但大半只是一种诗，我或借故事表现一种看法，或仅制造一种空气。我的小说里没有人物，因为我的人物只是工具，他们只是风景画里的人物，而不是人物画里的人物。如果我的人物也有性格，那是偶然的事。而这些性格也多半是从我自己身上抄去的。所以我没有答应你一时就写出来。这并不是说我不答应给你写一点东西。你等我自己的手眼进步些，或是改变些，才能给你写个长篇。不然我只能片面地取一点事情写点短东西。而，不论长短，我仍旧不会用我的文字造一个你，你可以从其中找到你就是了。我的迟迟著笔和絮絮申说，无非表示我对于你的希望和我的工作都看得很重。我看重我的工作，也正是看重你的希望。

任振邦自然会写信给你，我要告诉你的事情他自己会说。我对这宗事有点直觉上的悲观。他的“懦弱”实正并不是懦弱，这点我倒是相当欣赏的。现在这点懦弱已经由你，由陈淑英[④]，自然也由他自己除去了，可是我更相信他的事情仍和常见的事一样，在开始之前就结束了。我老实说这回事不是我所向往的，赞赏的。我梦想强烈的爱，强烈的死，因为这正是我不能的，世界上少有的。他的事，跟我的事（不指哪一桩事）是世俗的。这种世俗的事之产生由于不承认每个生命的庄严，由于天生中的嘲讽气质，由于不得已的清高想法，由于神经衰弱，由于这个世纪的老！你知道我并不反对他的事，正如我不反对我自己的事一样。我所以悲观，正因为这是无可奈何的事。我们能做的，只是在这个整个说起来并不美丽的事情当中寻找一点美丽了。这点美丽一半出于智慧，一半赖乎残余的野性。野性就是天性，我的小说里写的是这种事情，我也以这种事情鼓励人，鼓励我自己。

今天早上做了一个梦，梦见我父亲到昆明来了。他不知怎么径去找了 L 家孩子[⑤]，自然你可以想见昆明在我的梦里着色了，发光了，春天是个完全的春天了。好玩得很。醒来我大回味一气，于是忘了去吃饭，于是饿到下午三点半！这就是我，我是个做梦的人。

吃了饭，在马路旁边沟里看见一个还有一丝气的人。上身穿件灰军装，下面裤子都没有。浑身皮都松了，他不再有一点肉可以让他有“瘦”的荣幸。他躺在那里，连赶去叮在身上的苍蝇的动作都不能做了。他什么欲望都没有了吧，可是他的眼睛还看，眼睛又大又白，他看什么呢？我记得这种眼睛，这也是世界上一种眼睛。英国诗人奥登写一个死尸的眼睛，说“有些东西映在里面，决非天空”，我想起这句诗。我能做什么呢？现在他大概硬了，而我在这里写他。我不是说我是写“美丽”的么？

而这回事跟我的梦在一天。

我不知道为什么要告诉你这些。我也想到我的死填沟壑，但我想这些事情，不是因为想到自己的死。你也想到这些事么？你应当想想，虽然我们只能想想。

我好久不写这种散漫的信了。我先后所说各事，都无必然关系。要有关系，除非在你把它们放在你看完之后产生的感想上。这个感想，可能是：这个人是消沉的。

我不知道我是否消沉，但是我愿意说我，不。

好了，我又犯了老毛病了。我这是干什么，我咳嗽了三四天，今天头疼不止，到现在还不睡觉，写这种对于谁也无益处的信！

问候顾先生。

曾祺

（一九四四年四月）廿四日夜三时

注释：

① 指朱奎元离开昆明，准备去贵州的事情。

② 任振邦，汪曾祺高邮同乡。当时在昆明电力局工作。与汪曾祺、朱奎元是十分亲密的朋友。

③ “顾先生”指的是高邮中学的教师顾调笙，曾是汪曾祺、朱奎元的老师，后调到贵州任教。朱奎元去贵州，会在顾先生桐梓居所借住。信中说“自然欢迎你”……“自然也不欢迎你”，指的是作为老师，顾先生自然欢迎自己的学生，但因当时顾家有两个年幼的子女，加上工作、家务繁忙，朱奎元的到来，自然又给他带来一些烦恼。

④ “陈淑英”是新加坡人，西南联大外语系学生，是朱奎元、任振邦共同追求的对象。

⑤ “L 家孩子”情况不详，据信中文字可知，应是作者一段情感经历中的女主人公。

奎元：

前天晚上十一点多钟文林街上遇见振邦。当然他那天在文林街决不止过了一次了。他问我要不要钱，借了一千元给我。一路走，谈起的不外是那几个人，那几回事，都是熟的。有一桩事，要说也是熟的，可是听是第一次听见。你把这次的旅行真弄成个旅行了？你想还记得，你说过的。一切作风，真是你。你可以写一篇崭新的论文，“花溪与道德”。我说论文，不说小说，说诗，是尊重这个题目的庄严性。我向来反对开玩笑。我想知道你的行动有些什么“理”作底子。你的故事里浸染了你那种人格。

自然，现在，事的意义作用价值都还与事混在一处，未能泌发出来。那你先说说这个故事。故事如未能周细析说，说说那个人。你让我写文章，这倒是可以写文章了。我要写，一定从你在昆明写起。而且，一定把你写得十分平凡。你愿意如此还是不？

我还是那样。平平静静，连忧愁也极平静。一月来，除了今天烦躁了半点钟，其余都能安心读书做事，不越常规。即是今天，因为连着写了五封不短的信，也差不多烛照清莹，如月如璧了。语或不免过实，但也仿佛不离。教书“情形”还好，只是钱太少，学生根基不好，劳神又复得失不相偿[1]。但愿这两方面有一方面能渐改好。我读了几本昆虫学书籍，对小东小西更加爱好。这是与平静互为因果的。百忙中居然一月写了三万字，一部分是自传，写我的家，我的教育，我的回忆和“回忆”；另一部分仍是自传，写近一年种种，写那种将成回忆的东西。前一部分平易明白，流活清甜，后一部分晦涩迷离，艰奥如齐梁人体格[②]，所以然者，你很清楚。

唉，要是两件事情不纠着我，我多好。像这样一辈子，大概总应有点成绩。第一，钱。你或许奇怪我应当说，第二，钱，你以为我第一要说别的。诚然，可是说钱者说的是我父亲。穷点苦点，哪怕就像现在，抽起码烟，吃起码以下的饭，无所谓。就像前天，没碰到振邦以前我已经饿了（从十一点到十一点）十二小时，而我工作了也比十二小时少不多少。振邦看见我时我笑的，真正的笑，一种“回也不改其乐”的喜悦，他决想不到我没吃着晚饭。就像这样，我能支持。我不能支持的是父亲对我的不关心，甚至不信任。就像跟你拨钱的事一样，你万想不到我为之曾茹含几多痛苦。你知道我对我父亲是固执地爱着的，可是我跟他说话有时不免孩子气，这足以使他对我不谅解。而且我不能解释，这种误会发生是可悲的，但我只有让时间洗淡它。因为我觉得我一解释即表示我对他（对我）的信任也怀疑了；而且这种事越解释越着痕迹，越解释越增加其严重性。没有别的，我只有忍着。我自己不找人拨钱，要等父亲自动汇钱给我，因为这么一来，一切就冰释了。自然我现在过日子已经不大像人样，逼不得已，我只好先拨一点。可是我父亲如果一直不如我所想，自动汇钱给我，我也决不怨他。莫说他不会，当然我和你一样知道他不会。可是他不汇，是因为别的，你可以像我一样制造出许多理由来。对我说假话，也好，莫说一句伤我心的话。

我多复杂，多矛盾，你懂我。这些想法，反反正正常拉住我，像哪张电影里的那锅糖，把我粘住了。

现在说第二。第一第二不以分轻重，因为这期间无轻重可言。

我从来没有说过 L 家孩子一句抱怨的话是吧？现在，我的欢喜更是有增无已。我自从不找她以来就没有找过她。我没有破坏我的约言，（她在曲靖时我写信催她回来，说，回来至少可以不看我这些冒冒失失噜噜苏苏的信）我没有写一个字给她；虽然我是天天想去找她，天天想写信给她的。我常常碰到她，有时莫名其妙地紧张，手指有点抖，有时又像是什么也没有发生过，虽然都不说话，但目光里有的是坦白，亲爱。若是我们两个都是单独的，则相互看着的时间常会长些，而且常是温柔（你莫以为肉麻，我说温柔是别于激动）地笑一笑。我们不像曾经常在一处又为一点心照不宣的事摔开了，倒像是似曾相识，尚未通名，仿佛一有机缘就会接近起来似的。

当然我有一天会去找她。我想她会毫不奇怪地跟我出来。过去那点事本来未曾留什么痕迹，现在当然不必提起。也许再过好些日子，到我们可以像说故事一样说起这一桩事，彼此一定觉得极有意思，大概还要羞着玩。如果我再去找她，一定是像找一个还不怎样认识的人一样，而我的等待，也正是等待那一个时期，像等一只果子熟了。纪德说：

第一的德行：忍耐。

我与纯然的等待全不相干，宁与固执是有点相似的。

他算把我说对了。然而，我不是睿智的哲人，我有我的骚乱呵。就像今天半小时（何止！）的烦躁，我有甚理由可以解说。

我这一类话一开头就没有完，你腻烦不？

祝福

曾祺

五月九日

注释：

① 指作者在云南大学附近的南英中学教书的情况。

② 齐梁人体格指齐、梁诗人的诗风、诗体。

奎元：

收到来信，已近一周。我早想给你写信，远在你信到以前就想写了。可是我没有。我试动笔两次，都不知道说了些什么。也是因为近来相当忙碌。我又得教书，又得写文章。教书不易偷懒，我在一个制度之中，在一个希望之中，在一个隐潜的热情环围之中。写文章更不能马虎，我在这上头的习惯你是知道的，你知道我多么矜重于这个工作，我像一个贵族用他的钱一样用我的文字，又要豪华，又要得体，一切必归于恰当。因此，我的手不够用，虽然我的脑子，我的心是太充沛，太丰足，我像一个种田人望着他一地黄金而踌躇。大体上说来我的精神比较你离开我时年轻得多，我直接接触到许多东西，真的，我

的手握一个东西也握得紧些了，我躺在床上觉得我的身体与床之间没有空隙，处处贴紧。然而因此我也没法写信。

连烦忧也年轻了。

昨天晚上细雨中回来，经过一座临街小楼，楼窗中亮着灯火，灯火中有笑声，我一听就听出来，那是L家孩子。我想，我把手上那个纪念戒指扔进去。我想那戒指落在楼板上，有人捡起来，谁也莫名其妙，她是认得的，……我简直听见戒指落地的声音，可是我一路想着已经到我的巷口了，虽然我的戒指已经褪在手里。

昆明又是雨季了。据说昆明每隔五年，发水一次，今年正是雨多的时候。你还记得我们来昆明那年，翠湖变得又深又阔，青莲街成了一道涧沟，那些情形不？今年又得像那个样子了。那，怎办？

独立小廊前，看小院中各种花木在大雨中样子，一时心中充满忧郁，好像难受，又很舒服，又蹙眉，又笑，一副傻相，一脸聪明，怪极了。

我认识L家孩子正是去年雨季中程未艾时，那个时候就快来了。想想看，快一年了，真快！我住这个小院子里也快一年了。院中各种花一一依次开过，一一落去，院中不住改换颜色，改换气味，这些颜色气味中都似融有我生命情感在内。现在珠兰的珠子在雨里由绿而白了，我整天不大想出去。远处有鸟雀叫，布谷鸟听来永远熟悉，雨也许小了点，我或许又会漫无目的出去走走。一切自自然然的就好。

（有一天大雨中我一个人在翠湖里走了一黄昏，弄得一身水，一头水，水直流进我眼睛里去。）

我已经够忙了，但我还要找点事情忙忙。我起始帮一个人编一个报，参与筹谋一切。我的小说一般人不易懂，我要写点通俗文章。除了零碎小文之外，有计划写一套“给女孩子”，用温和有趣笔调谈年轻女孩子各种问题。现在正在着手。印出来之后寄你看看。

我并未放弃暑假出去走走打算。不过这件事与我的编报不相妨碍。那个主持人很能干，有眼光，我只要看他弄得上路了，随时都可以放手。

密支那克服了[①]，我高兴。不过我不一定到那里去。也许我跟一个人徒步到滇南滇西一带玩去。若能坐驮运车，随处游览，自然也好。

我还是穷。重庆那笔钱已经接洽好，我已经接到家里信，说已送了去，可是那边一直不汇来！不过不要紧，我已经穷出骨头来，这点时候还怕等吗。你只要想我不久就可稍稍阔起来，有两件新大褂，一双皮鞋，一双布鞋，有袜子，有手绢，有纸笔，有书，有烟，有一副不穷的神情，就为我高兴吧。

我想给你买两本书，我知道你要书。即使你不要，我也要寄给你。我不能设想没有书的生活。

你的国文，我以为没有一个具体办法或简便办法很快地能弄得很好。不过是多看，多写。而且，乱看乱写。随便什么都可入之于目，出之于手，只要是你喜欢的。因为我们已经大了，所喜欢的即便不是最好的，也是不坏的。而且我像你自己所信任的一样地信任你，你有 taste。

你的信虽然乱些，仍是生动的，言之有物的。

至于文言，那是容易事情。如果你愿意，你可以写点东西，我逐篇看看，改了再给你寄回去。

我十分想念阿宁[②]。我每天想去看 L 家孩子，每星期必想到去看阿宁。你考虑她的教育，自然得很。不过往回一想，又觉得没有什么严重。而且，谁能于此为力呢？换一个环境，换一种教育，一定会比这样好些，好得多吗？真正贤明的教育家怕也会踟蹰。

我告诉你，我那笔钱中有一个用处早在计划中了，就是到海口的旅费，阿宁的糖果玩具和书。

昨天路上看到阿宁姨娘，她在车上认出了我，我装作没有看见她，装作我不是我。

我老是装作不是我的。

有一次方继贤[③]太太不是说我没有招呼她吗？我说我没有看见她。我没有看见才怪！

不行了，我要出去走走，虽然雨又大起来了。

你看我的字，我一直没有把心弄得像L家孩子的头发一样平伏，我的心像陈淑英走路一样。

谢谢你那个用三个人照顾我的心。其实我会照顾自己，只要不穷。我想写两个长篇小说，像这样的生活可没法动笔。能有张静之家西山那座房子住着，我一定写得出来。

把张小姐照片给我看看。我的报出版，文章印出来会寄她一份。

曾祺

五月廿二日

注释：

① 指的是密支那战役。

② 作者和朱奎元结识的一个小女孩。大名叫陈潆宁。

③ 方继贤，江苏高邮人。与汪曾祺、朱奎元是高邮中学同学。

……[1]厂看看，顾善余知道什么会告诉我，到时候再写信给你。你说要写给陈保泰的那封信，纲目什么时候写好寄给我好了。现在且不必老是想这些。希望你真能休息休息，过几天清净舒服日子。几个德国牧师的宗教思想即使不能影响你，他们的宗教生活，尤其是日常生活，应当能使你比较闲淡一点，潜沉一点。学学挤牛奶，种菜，蒸蛋糕，也许比读几本德文书更对于你有作用。

你觉得你在血属中，只承接母亲的遗传。我觉得不。我记得以前也跟你说过。上次听你谈起你父亲，我更肯定自己的意见。你和你母亲的关系也许较切轻重，但是是较简单的。而你和你父亲在精神上的关系是比较复杂细致一点的。他给你影响不会很强烈鲜明易于看出，易于记得（如你母亲）。但潜移默化之中，他实在融染了你的性格。——自然他的影响于你的，本质上就多是不流露出来的。

我想也许你应当看重这一些。这些性格在你做事上会有帮助，在你生活上也会起滋润作用。至少，现在，你似乎就很需要这点性格。你有的，只要你拿出来。我的印象中，你父亲是个好脾气的人，他会喜欢“好玩”“好看”的东西。学着他，你不致整天起“燥”。“gentle”这个字，我想与“好玩”“好看”是相关的。

曾祺

六月廿二日

问候许牧师

我有一张上下有油印花边的纸忘记在你那件西装里面口袋里，请寄回给我。

注释：

① 这封信缺页，缺失处用省略号表示。

奎元：

振邦不在家，我偷看了你给他的信，觉得你过得不坏。

我没有更好的法子报告我的生活。只有说，这是一种无法写信的生活。

我近来老是在疲倦之中。你在的时候，我常常开夜车，每天多是睡六七小时，可是我那时的精神并不坏，我的红眼睛里看“□□□”[①]，现在，不行啦。我老是忙，老是忙。事情当然也多些，不过真忙的是我的心。我时时有“汩余若将不及兮”之感，时时怕耽误事。真怪，如果我仍然像以前一样浮云般地飘来荡去，未始不可以，可是我不想那么做。即便真在飘荡时我也像一朵被风赶着的云，一朵就要落到地上变成雨的云，我不免感到时间和精神都不够用了。

这一个星期以来，我常常随便倒在什么地方就睡熟了。然后，好像被惊醒似的又跳起来。我不时发一点烧，一点点，不高。还好，不是一定时候，不在下午。

我伤风咳嗽，头昏昏的。

我要安定，要清静。这一向我整天跑，跑市政府，跑印刷局，跑报馆，跑这个那个。我得不偿失，我没有念一本过三百页的书，没有念一本好书！

好了，学校马上放假，我比较闲些了。至少第一天晚睡，第二天可以不必起早。那时候报可以出版了，以后只须集稿，送审，付排，不用各处求爹爹拜奶奶的。姐姐的钱即可寄到，我另外还可弄得一点钱，我可以稍稍舒服地过点日子。我没有理由那么苦修，是不？没有理由，没有！

当然，我可以看看阿宁去了。我现在忙得连想她的时候都不多了。

当然，我可以给你好好地写信了。

当然，我可以读书，写文章，我可以找我冤家去了。

“干杯干杯”，为我的解渴的幸福“干杯”！

不过事情也许不尽然。第一，我现在很担心战争。你莫笑，我许把自己送到战争里去。我现在变得非常激烈。

再则，那个迤南土司三顾茅庐，竭力望我去。（去做什么，我也不大清楚，大概他自己也不大清楚。）冤家如其仍旧是冤家，我一憋气，许会真到山里做隐士去。瘴气，管它！性命危险，管它！我的“不忠实盲肠”，管它！我的小肠气，我的牙疼，我的青春，管它！

或许，我到军队中做秘书去。

或许，我会到一个大学里教白话文习作去。

或许，什么也不动，不换样子，我还是我，郎当托落，阑阑珊珊！

我想把未完成的“茱萸集”在我不死，不离开，不消极以前写成，让沈二哥从文②找个地方印去。

为什么不来信！

为什么瞒我许多事！

我要抱一堆凉滑柔软的玫瑰花瓣子！

曾祺

我冤家病了，我去看了一次，她自然依旧对我那么（不能令我满足的）好。我明天想送她去住院，我的钱一时寄不到，只有向振邦暂借了。

注释：

① □□□表示此处缺字。

②“沈二哥从文”指的是我国著名作家，历史文物研究者沈从文。作者在西南联合大学读书时，是沈从文的学生。

奎元：

我的时间观念一向不大靠得住，简直就不大有观念。计算某一事情，多半用这种方式：我还小，什么花还开着，雨季，上回我理发的时候，……真要用数字推求起来，就毫无办法。最近爱说：一年前。这一年是指我来乡下教书的日子[①]，去年暑假我来，现在像又快到放暑假的时候，应是一年了，于是凡是在未来乡下以前发生的事情都归于一年前。收不到家里的信，和L家孩子在一起，又分开了，整夜不睡觉，……都算在一年前，和你不写信，也在一年前了。这个一年在我意识中实是个很长的时间。并不夸张，犹如隔世。因为一年前的事情都像隔我很远了，那些事情并不延蔓到这一年来，虽然事情的意义仍是不时咀嚼一下的。如鱼饮水，冷暖自知。事有一年，许多烧热痛苦印象都消失了，心里平和安静得多，愿意常提起那些事情，很亲切，很珍贵。

把你的旧信看了一次。觉得你是个有性情人，我想这句话就够了。

很想晓得你近来生活情形，你不必详细说这一年如何，只要把最近的写一点就行了，我愿意从最近的推测较远的。我简直不想提起你的炼钢事业，即在当时，我也久想劝你不必想得那么远，你当时也知道我的意思的，你每次谈话时，我的表情是抑制不住的。可是我尽你说，你也尽让我听，实在很好玩。人靠希望活着，现在还是否跟别人谈起呢？我愿意你还谈谈，虽然也希望你真能成功的。不过谈谈我以为更重要，因为事业是由人做出来的，而谈谈简直就是人，是人本身。你并不以留学计划为一件偶然事情破坏而懊悔，我知道的，但代替那个计划的是什么呢？还那么热心地谈电影，谈头发式样，谈女人衣着，谈翠湖那棵柳树，谈文学，谈许多不像个工程师所谈的东西么？许多事情上，你是有天分的，这种天分恐是一种装饰，一种造成博雅的因素，若不算生活，也是承载生活，维持人的高尚，你不能丢了。

我不愿意提起陈淑英。她对自己不大忠实。女人都不忠实她自己。

自然我要说及潆宁，以一种不舒服心情来说。好像你走了之后我就没有看见过她。起先我还常想上她家里去，去问问她姨娘。后来简直不想了，因为知道总不会实现。你知道我在那种圈子里多不合适，现在我的情形，不合适，如情形转好，能像战前，怕也不合适。说真的，有点不大“门当户对”，我只可以跟潆宁单独来往，不与她的家庭，她的社会发生关系，这是可能的么？一个大人和一个小孩子？即是你，当时，对于那个孩子也是个童话性的人物，即不说是神话的吧。你说你跟她们家缔结了什么关系？恐怕这个关系只是那个孩子。而你还是那个时候的你呵。我喜欢那个孩子，我为这件事情不好受。有一阵十分想为潆宁写几篇童话故事，不过到我写成时，她恐怕已经在和男孩子恋爱了，那时一定连我的名字也记不起来。想起你时，以为是一个颇奇怪的人，在她一生中如一片光，闪了一下就不见了。关心她的身体，关心她的教育问题，还俨然看到她穿上一身白色晚礼服参加跳舞会的样子，实在都是一种可赞美的，也可悲哀的想头。我现在只想象你的铁路有一天铺到广东，以董事长身份受当地士绅名流招待，在许多淑女名媛中你注目于一个长身玉立，戴一朵白花的，而那个小姐（或是少妇了）心里很奇怪，这个人为什么老看我？或者，我有了一点名气，在一个偶然中于学术界有点地位，到一个大学演讲，作介绍词的正即是陈潆宁女士，我那天说话有点微微零乱了。……一切想来，很

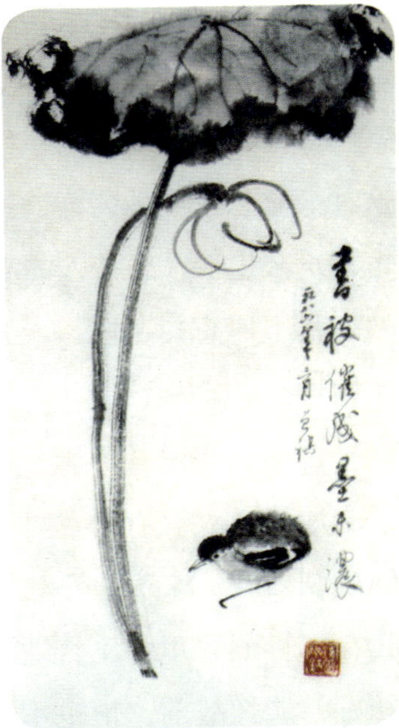

好玩有趣，但仍是可赞美的，也可悲哀的。

我在乡下住了一年，比以前更穷，也更孤独，穷不用提，孤独得受不了，且此孤独一半由于穷所造成，此尤为难堪。我一月难得进城一次，最近一次还是五四的时候。我没有找过任振邦，也久久不到冷曦那里去了。我的脾气你是知道的。冷曦将以为我是个不情之人。前些天，她要我画六张“儿童画”，我弄了三夜，结果仍是告诉她，我干不了。吴丕勋有一次通知我去上方瑾的坟，我亦因为被困而没有去。其实拼命弄钱是可以的，可是我没那份热心。我生活态度太认真，将成与世无谐。人是否应学学方继贤同鸣鸾一样过日子？“高处不胜寒”，近来老有演一次戏的欲望，因为演戏时人多热闹，“道不远人，因道而远人者，非为道也”，我应生活得比较平实，比较健康些。常在学校圈子，日与书卷接触，人怕要变得古怪得不通人情的。

你和吴丕勋和好了没有？乡下牛很多，我以为牛是极可爱的。你不应对这位牛如此，对别人，对我是可以的。

前些时顾善余到昆明，现在大概还在，他贵阳的厂解散了，到这里来找事的。曾来我这里两趟，一次因事，一次是纯粹友谊的拜访。他来了，让我在“人与人之间”这个题目上想了许久。张太太还邀他上新村“坐坐”，他坐了一次就不再坐了，大概“坐不下去”。张静之在中法大学念书了，还是那个样子，更“饱”了一点。我想起你请她看《乐园思凡》，实在是一件很“滑稽”的事，片子和人太不调和了，请她看看蓓蒂·葛拉宝还差不多。

冯名世有信没有？

想要你一张照片，但你还是不寄给我吧，我一来就弄丢了。

快暑假了，下学期干什么呢？不胜惆怅。

曾祺

（一九四五年）六月十七日

注释：

① 作者当时在一所由西南联大同学办的中学里当老师，学校在昆明郊区。

“我想亲来看看你，路这么远，雨这么大，我这么阑珊……”

致同乡挚友任振邦

振邦：

奎元来信说你不给他信，他怨而怒矣。你是怎么了？

我想亲来看看你，路这么远，雨这么大，我这么阑珊，一时怕又做不到。

把我写给奎元的信寄给你。一者催你赶快写信，并我信一块寄去。二者，我想让你看看我的信，算代替一次闲谈。望你晓得我一点近事。

下一两期《时与潮文艺》上大概有我的大作发表。

昨天小方夫妇一家子到你那里去了，你怎么不在家，哪里去了？

问好！

曾祺

（一九四四年）五月廿二

“我大概真是个怯弱的人。
您等着我向您发孩子气的牢骚！”

致恩师沈从文 ①

从文师：

很高兴知道您已经能够坐在小方案前做事。——不知道为什么，我总觉得还是文林街宿舍那一只，沉重，结实，但不十分宽大。不知道您的“战斗意志”已否恢复。如果犹有点衰弱之感，我想还是休息休息好，精力恐怕不是一下子就可以涌出来的。勉强要抽汲，于自己大概是一种痛苦。您的身体情形不跟我的一样，也许我的话全不适用。信上说，“我的笔还可以用二三年”，（虽然底下补了一句，也许又可稍久些，一直可支持十年八年）为甚么这样说呢？这叫我很难过。我是希望您可以用更长更长的时候的，您有许多事要做，一想到您的《长河》② 现在那个样子，心里就凄恻起来。我精神不好，感情冲动，话说得很“浪漫”，希望您不因而不舒服。

刚来上海不久，您来信责备我，说“你又不是个孩子！”我看我有时真不免孩气得可以。五六两月我写了十二万字，而且大都可用（现在不像从前那么苛刻了），已经寄去。可是自七月三日写好一篇小说后，我到现在一个字也没有。几乎每天把纸笔搬出来，可是明知那是在枯死的树下等果子。我似乎真教隔墙这些神经错乱的汽车声音也弄得有点神经错乱！我并不很穷，我的褥子、席子、枕头生了霉，我也毫不在乎，毫不犹豫地丢到垃圾桶里去；下学期事情没有定，我也不着急；可是我被一种难以超越的焦躁不安所包围。似乎我们所依据而生活下来的东西全都破碎了，腐朽了，玷污萎落了。我是个旧式的人，但是新的在哪里呢？有新的来我也可以接受的，然而现在有的只是全无意义的东西，声音，不祥的声音！……好，不说这个。我希望我今天晚上即可忽然得到启示，有新的气力往下写。

上海所谓的文艺界，怎么那么乌烟瘴气！我在旁边稍微听听，已经觉得充满滑稽愚蠢事。哪怕真的跟着政治走，为一个甚么东西服役，也好呢。也不是，就是胡闹。年青的胡闹，老的有的世故，不管；有的简直也跟着胡闹。昨天黄永玉[3]（我们初次见面）来，发了许多牢骚。我劝他还是自己寂寞一点做点事，不要太跟他们接近。

黄永玉是个小天才，看样子即比他的那些小朋友们高出很多。他长得漂亮，一副聪明样子。因为他聪明，这是大家都可见的，多有木刻家不免自惭形秽，于是都不给他帮忙，且尽力压挠其发展。他参与全国木刻展览，出品多至十余幅，皆有可看处，至引人注意。于是，来了，有人批评说这是个不好的方向，太艺术了。（我相信他们真会用“太艺术了”作为一种罪名的。）他那幅很大的《苗家酬神舞》为苏联单独购去，又引起大家嫉妒。他还说了许多木刻家们的可笑事情，谈话时可说来笑笑，写出来却无甚意思了。——您怎么会把他那张《饥饿的银河》标为李白凤[4]的诗集插画？李白凤根本就没有那么一本诗。不过看到了那张图，李很高兴，说：“我一定写一首，一定写一首。”我不知道诗还可以“赋得”的。不过这也并不坏。我跟黄永玉说：“你就让他写得了，可以作为木刻的‘插诗’。要是不合用，就算了。”那张《饥饿的银河》作风与他其他作品不类，是个值得发展的路子。他近来刻了许多童谣，（因为陈琴鹤的建议。我想陈不是个懂艺术的人）构图都极单纯，对称，重特点，幼稚，这个方向大概难于求惊人，他已自动停止了。他想找一个民间不太流行的传说，刻一套大的，有连环性而又可单独成篇章。一时还找不到。我认为如英国法国木刻可作他参考，太在中国旧有东西中掏汲恐怕很费力气，这个时候要搜集门神、欢乐、钱马、佛像、神俑、纸花、古陶、铜器也不容易。您遇见这些东西机会比较多，请随时为他留心。萧乾[5]编有英国木刻集，是否可以让他送一本给黄永玉？他可以为他刻几张东西作交换的。我想他应当常跟几个真懂的前辈多谈谈，他年纪轻（方二十三），充满任何可以想象的辉煌希望。真有眼光的应当对他投资，我想绝不蚀本。若不相信，我可以身家作保！我从来没有对同辈人有一种想跟他有长时期关系的愿望，他是第一个。您这个做表叔的，即使真写不出文章了，扶植这么一个外甥，也就算很大的功业了。给他多介绍几个值得认识的人认识认识吧。

有一点是我没有想到的，他也没有告诉您。我说“你可以恋爱恋爱了”。（不是玩笑，正经，自然也不严肃得可怕，当一桩事。）他回答：“已经结婚了！”新妇是广东人。在恋爱的时候，他未来岳父曾把他关起来（岳父是广东小军阀），没有罪名，说他是日本人。（您大概再也没想到这么一个罪名，管您是多聪明的脑子！）等结了婚，自然又对他很好，很喜欢，于是给他找事，让他当税局主任！他只有离开他

“老婆”，（他用一种很奇怪语气说这两个字，不嘲弄，也不世俗，真挚，而充满爱情，虽然有点不大经心，一个艺术家常有的不经意。）到福建集美学校教了一年书，去年冬天本想到杭州接张西厓的手编《东南日报》艺术版，张跟报馆闹翻了，没有着落，于是到上海来，“穷”了半年。今天他到上海县[6]的县立中学去了，他下学期在那边教书。一月五十万，不可想象！不过有个安定住处，离尘嚣较远（也离那些甚么“家”们远些），可以安心工作。他说他在上海远不比以前可以专心刻制。他想回凤凰，不声不响地刻几年。我直觉地不赞成他回去。一个人回到乡土，不知为甚么就会霉下来，窄小，可笑，固执而自满，而且死一样地悲观起来。回去短时期是可以的，不能太久。——我自己也正跟那一点不大热切的回乡念头商量，我也有点疲倦了，但我总要自己还有勇气，在狗一样的生活上作出神仙一样的事。黄永玉不是那种少年得志便癫狂起来的人，帮忙世人认识他的天才吧。

我曾说还要试写论黄永玉木刻的文章，但一时恐无从着手。而且我从未试过，没有把握。大师兄王逊似乎也可以给他引经据典的，居高临下的，用一种奖掖后进的语气写一篇。林徽因是否尚有兴趣执笔？她见得多，许多意见可给他帮助。费孝通呢？他至少可就文化史人类学观念写一点他一部分作品的读后感。老舍是决不会写的，他若写，必有可观，可惜。一多先生死了，不然他会用一种激越的侠情，用很重的字眼给他写一篇动人的叙记的，虽然最后大概要教导他“前进”。梁宗岱老了，不可能再“力量力量”地叫了。那么还有谁呢？李健吾世故，郑振铎、叶圣陶大概只会说出“线条遒劲，表现富战斗性”之类的空话来，那倒不如还是郭沫若来一首七言八句。那怎么办呢？自然没有人写也没有关系。等他印一本厚厚的集子，个人开个展览会时再说吧。——他说那些协会作家对他如何如何，我劝他不必在意，说他们合起来编一个甚么年刊之类，如果不要你，你就一个人印一本，跟他们一样厚！看看有眼睛的人看哪一本。

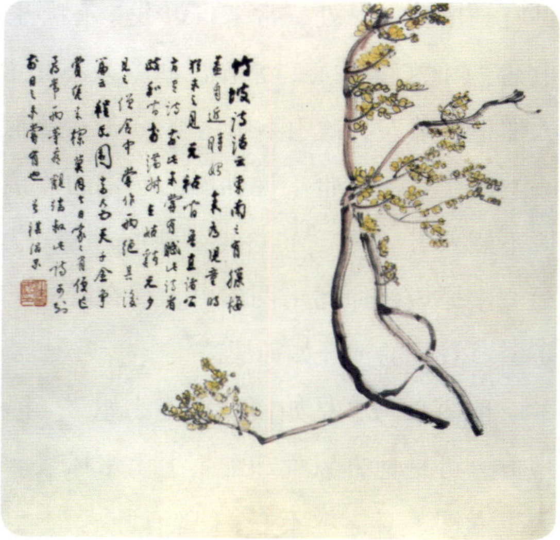

您的一多先生传记开始了没有？我很想到北平来助理您做这个事。我可以抄抄弄弄，写一两个

印象片段。

巴先生说在“文学丛刊”十辑中为我印一本集子。文章已经很够，只是都寄出去了。（我想稿费来可以贴补贴补，为父亲买个皮包，一个刮胡子电剃刀，甚至为他做一身西服！）全数刊载出来，也许得在半年后。（健吾先生处存我三稿，约五万字，恐印得要半年。您寄给他的《大和尚》我已收回，实在太不成东西。）有些可能会丢失的。（刘北汜处去年九月有两稿，迄无下落。他偶尔选载我一二节不到千字短文，照例又不寄给我，我自己又不订报，自然领一万元稿费即完成全部写作投稿程序。）倒是这二三小作家因为“崇拜”我，一见有刊出我文章处，常来告诉我，有哪里稿已发下了，也来电话。（他们太关心，常作出些令人不好意思事，如跑到编辑人那里问某人文章用不用之类。）原说暑假中编一编可以类为一本的十二三篇带小说性质的文章的（杂论，速写，未完片段不搁入），看样子也许得到寒假。——但愿寒假我还活着！暑假中原说拼命写出两本书，现在看样子能有五六万字即算不错。看我的神经如何罢。

顶烦心的事是如何安排施小姐[7]。福州是个出好吃东西地方，可是地方风气却配不上山水风景。她在那边教书，每天上六课，身体本不好，（曾有肺病，）自然容易疲倦。学校皆教会所办，道姑子愚蠢至不可想象地步。因为有一次她们要开除一个在外面演了一场话剧的女生，她一人不表示同意；平日因为联大传统，与同学又稍微接近，关心她们生活，即被指为“黑党”，在那边无一朋友，听到的尽是家常碎事，闷苦异常。她极想来上海，或北平，可是我无能已极，毫无路径可走！她自己又不会活动。（若稍会活动，早可以像许多女人一样地出国了，也不会欣赏我这么一个既穷且怪的人！）她在外文系是高才生，英文法文都极好。（袁家骅先生等均深知此）您能不能给她找一个比较闲逸一点事？问问今甫先生有没有甚么办法吧。

我实在找不到事，下学期[⑧]只有仍在这里，一星期教二十八课，再准备一套被窝让它霉，准备三颗牙齿拔，几年寿命短吧。我大概真是个怯弱的人。您等着我向您发孩子气的牢骚！不尽，此请

时安！

曾祺

（一九四七年）七月十五日

注释：

① 沈从文（1902—1988），湖南凤凰人，作家、学者。曾在西南联大任教，和汪曾祺是师生关系，两人情深意重。此封信和下封信，是汪曾祺离开昆明来到上海一所中学任教时，写给沈从文的信。当时沈从文在北京大学任教。

②《长河》是沈从文的长篇小说。

③ 黄永玉，中国画院院士，中央美院教授。少年时期就以出色的木刻作品蜚声画坛。

沈从文是黄永玉的表叔，因此作者在信中极力表达自己对黄永玉才华的欣赏，希望沈从文能多扶植他这个外甥。

④ 李白凤，我国现代著名学者、作家、诗人。

⑤ 萧乾，我国现代记者、文学家、翻译家。

⑥ 指原上海市十郊县之一，后在 1992 年与老闵行区合并，成立了新的闵行区。

⑦ 施小姐，指的是作者夫人施松卿。

⑧ 当时作者已从昆明来到上海，在一所民办学校做老师。

从文师：

天热，信未即发，一搁下，有不想发出意，虽然其结果是再加写一点，让您的不快更大！我不知道为甚么不能控制自己，说了好些原先并不想说的话。我得尽量抑压不谈到自己，我想那除了显示自己的不德之外别无好处。——比如，我为甚么要说起我那些稿子呢？我久已知道自己的稚弱、残碎，我甚至觉得现在我所得到的看待还不是我应得的。然而虽是口口声声不怨尤，却总孱然流露出一种委屈之感来了！而且态度语言上总似乎在伤着人，（尤其是态度，我的怪样的沉默）真是怪可羞的。（这句话何其像日本人的语气！）比如刘北汜，他实在有时极关心我，（当然他有一种关心人的方便）有时他一句话，一个动作，即令我惭愧十分，而我在信里说了些很卑下市井气的话！我尚得多学习不重视自己。——真是一说便俗，越往深里说，越落坌套，做人实非易之事。

卞之琳[①]先生已到上海，我尚未见到。听说他说您胖了一点，也好。虽然我很不愿意您太胖。像健吾先生实已超过需要了。

很久以前与《最响的炮声》同时寄来尚有一篇《异秉》，是否尚在手边？收集时想放进去，若一时不易捡得，即算了，反正集子一时尚不会即动手编，而且少那么一篇，也不妨事。

上海市教员要来个甚么检定，要证书证件，一讨厌事，不过我想当无多大问题，到时候不免稍稍为难一下而已。我已教书五年，按道理似已可取得教员资格。果然有问题，再说吧。

《边城》开拍尚无消息，我看角色导演皆成问题，拍出来亦未必能满人意，怕他们弄得太“感人”，原著调子即扫然无余也。报上说邵洵美有拍摄《看虹录》英语片事，这怎么拍法？有那种观众，在看电影时心里也随着活动的么？

我仍是想“回家”，到北方来，几年来活在那样的空气里，强为移植南方，终觉不入也。自然不过是想想罢了。

曾祺

七月十六日

注释：

① 现当代诗人、文学评论家、翻译家。

"……想着要给您写一封信，想问候问候您。"

致巴金[1]

巴先生：

前两天在我们这儿的图书室里翻了翻《六人》，看了那个后记，觉得很难过，看到您那么悲愤委屈，那么发泄出来……强烈极了，好些天都有那么个印象。……昨天晚上看了一个歌舞晚会，睡得很晚，今天一天精神很兴奋，应当睡午觉的时候睡不着，想着要给您写一封信，想问候问候您。

一直常常想起您。

我不在武汉，回北京来了。我说是"回"，仿佛北京有我一个根似的，这也就是回来的理由吧。主要的是施松卿的身体不好。我在北京市文联。北京市文联在霞公府15号——北京饭店后面，您大概晓得那条街的。

章靳以[2]来北京，见到两次，一次是在英雄代表大会上，一次是在吉祥听昆曲。他大概是今天十一点钟的车走吧。我听说劳模英雄是在那一班车走，那他可能一齐走。他大概会谈起听昆曲，因为会谈起卞之琳，谈卞之琳听《游园》。有些话是我告诉他的。不过我后来想还是不要多谈卞之琳的“检讨”的事吧，因为我们知道得不全面，断章取义的可能不好。

昨天那个晚会好极了，是新疆、西南、内蒙、吉林延边四个少数民族文工团联合演出的，超过了北京的和全国的歌舞的水平，靳以要是昨天还没有走，他一定也会谈起的。

听说您下月要来，确么？

曾祺

（一九五零年）十月七日

注释：

①巴金（1904—2005），四川成都人。作家、翻译家。巴金是沈从文的好友，其夫人萧珊又是作者的大学同学。

②作家、编辑。

“……居常不忘，很想知道他现在怎么样了。
少年羁旅，可念也。”

致挚友黄裳[1]

黄裳：

我已安抵天津。也许是天气特别好，也许我很“进步”了，居然没有晕船。但此刻又觉得宁可是晕船还好些，可以减少一点寂寞。刚才旅馆茶房来，让他给我沏壶茶来，他借故搭讪上来：“茶给您沏，我看您怪寂寞的，给您叫个人来陪陪罢。”我不相信他叫来的人可以解除我的寂寞，于是不让他叫，倒留着他陪我聊了一会。很简单，拆开一包骆驼牌，给他倒杯茶，他即很乐意地留了下来。这家伙，光得发亮的脑袋，一身黑中山服，胖胖荅荅的，很像个中委。似乎他的道德观比我还强得多。他问我结婚了没有，我告诉他刚准备结婚，太太死了[2]，他于是很同情，说“刚才真不该跟您说那个胡话”。我说我离开这儿八九年没有回来了，他就大跟我聊“日本”时候情形，问我当初怎么逃出去的。他又告诉我旅馆里住了几个做五金的，几个做玻璃、做颜料的，谁半年赚了四十亿，谁赔了。最后很关心地问我上海白面多少钱一袋。我这才发现在上海实应当打听打听面粉价钱，这儿简直遇到人就问这个。天津的行市我倒知道了，一百八,一百九的样子，北平一袋贵个十万光景。那位中委茶房再三为我不带货来而惋惜，说管带甚么来，抢着有人要，“就我就可以跟您托出去，半个钟头就托出去，这哪个不带货呀！”可是假如我带的是骆驼牌呢！这儿骆驼牌才卖四万八，上海已经卖到五万六了。加立克[③]也才三十二万，我在上海买的是三十四，有的铺子标价还是三十六万！

天津房子还是不太挤，我住的这间，若在上海，早就分为两间或三间了。据说这一带旅馆房间本来定价很低，不过得从姑娘手里买。现在算是改了，把姑娘撵出去，还是两三年的事情，很不容易。这大概不会像苏州一样会有姑娘们破门而入罢，我倒希望有，可以欣赏一下我的窘态也。

这儿饭馆里已经卖“春菜”了。似乎节令比上海还早些。所谓春菜是毛豆、青椒、晃虾[④]等。上面三色，我都吃了。这儿馆子里吃东西比上海便宜，连吃带喝还不上二十万。天津白干比上海没有问题要好得多。因为甫下船，又是一个人，只喝了四两，否则一定来半斤。你在天津时恐还是小孩子，未必好好地喝过酒，此殊可惜。

我住的旅馆是“惠中”，你不知知不知道。在上海未打听，又未读指南之类，一个旅馆也不晓得，但想来“交通”“国际”之类一定有的吧，于是雇三轮车而随便说了个名字，他拉到“交通”，“交通”没有“房子”，一拐弯就到这儿来了。地近劝业场。各处走了走，所得印象第一是这里橱窗里的女鞋都粗粗笨笨，毫无“意思”。我测量一个都市的文化，差不多是以此为首项的。几家书店里看了看，以《凯旋门》和《秋天里的春天》最为触目。有京派人氏所编类乎《观察》型的周刊（？），撰稿为胡适、贺麟、张印堂等人，本拟买来带回旅馆里一读，而店里已经“在打烊中”了。以后若遇此种刊物，必当买来，看过，奉寄阁下也。

雅梨尚未吃，水果店似写着“京梨”，那么北京的也许更好些么？倒吃了一个很大的萝卜。辣不辣且不管它，切得那么小一角一角的，殊不合我这个乡下人口味也。——我对于土里生长而类似果品的东西，若萝卜，若地瓜，若山芋，都极有爱好，爱好有过桃李柿杏诸果，此非矫作，实是真情。而天下闻名的天津萝卜实在教我得不着乐趣。我想你是不喜欢吃的，吃康料底亚巧克力的人亦必无兴趣，我只有说不出甚么。

旅馆里的被窝叫我不想睡觉，然而现在又没有甚么地方可去了。附近有个游艺场，贴的是《雷雨》和《千里送京娘》[5]，这是甚么玩意儿呢？一到，马上就买票，许还听得着童芷苓[6]，然而童芷苓我本来就没有兴趣。这儿票价顶贵才六万多。据说北平也如此，还更便宜些。那么以后我听戏与看电影的机会将会均等了。中委茶房说得好，“北京就是听戏”！

然而我到北京怎么样还不知道呢，想起孙伏园的《北京乎？》。

我还是叫中委给我弄盆水洗洗脚罢，在那个看着教人心里不大明亮的床上睡一夜罢，明儿到北京城的垃圾堆上看放风筝去。

曾祺

（一九四八年）三月九日

注释：

① 黄裳（1919—2012），现代散文家、高级记者。汪曾祺与黄裳在上海结识，一见如故，两人成为极好的朋友。

② 这里是作者的一句玩笑话，事实不是这样。作者之前也从未到过天津。

③ 一种香烟品牌。

④ 天津菜中时令性最强的菜，春节前后上市，一晃即逝。故名晃虾。

⑤《雷雨》是剧作家曹禺创作的一部话剧。《千里送京娘》是戏曲剧目。

⑥ 著名京剧表演艺术家。

黄裳兄：

同学有研究语言学者，前曾嘱为代请上海熟人打听《外来语大辞典》，天马书店出版。上海现在不知还买不买得到。当时回答他说，问问人大概是可以的。说完了记着记着就忘了，今天他来问，有消息么，觉得非常不好意思，实在该写一封信了。我的上海熟人适宜于代办这一宗差事的除了阁下还有谁呢？劳您驾，往后若是串书店，顺便问问他们掌柜的。若是遇到，请先垫款代买了。见书界权威唐弢氏，代为致候之余亦请便问问此事，我准备更大地佩服他。他的地址是不是仍是从前那一个，前两天有汉学研究所赵君编《一千五百个中国小说和戏剧》，附作者小传，有他一条，他想寄一份表之类的东西请他填一填。希望我告诉他的不错。

桌上二表，一正指三点，一则已三点一刻，鸡鸣肚饿，只说事务，无法抒情矣。待把两篇劳什子文章赶好的时候再畅叙幽怀一番如何。

黄永玉言六月底必离台湾地区，要到上海开展览会，不知知其近在何所否？我自他离沪后尚未有信到他，居常颇不忘，很想知道他现在怎么样了。少年羁旅，可念也。

我仍是那样，近来忽然有了从未有过的胃病，才吃便饱，放下筷子就饿，饱起来不停打嗝，饿起来不可当，浑身一点气力也无。可能此是一时现象，若竟长此下去，不亦糟乎！身体不能随意使用，那就真是毫无希望了。

林徽因已能起床走走，已催沈公送纸去，会当再往促之。

此处找事似无望，不得已时只有再到别处逛逛去，此是想耳，困难亦殊多[①]。我甚寂寞，得便望写信说琐屑事，为候诸相识人。

曾祺 候安

六月廿八日

注释：

① 当时作者已离开上海到北平，想到北平闯荡一番。没想到在那里找工作不是一件容易的事。信中说“此处找事似无望……困难亦殊多”指的就是找工作不顺利。

"一直想写信，一直没有写。因为忙，而且乱。"

致好友萧珊[1]

萧珊：

杜运燮[2]来问罪，愧受而已。一直想写信，一直没有写。因为忙，而且乱。我没有"一间自己的屋子"，很少有机会能够一个人安静地坐下来。

京剧院一团有两个门，其中一个是红的。不过那一带红门很多。写《红灯记》的报道，一定要提到这红门么？

《红岩》本寄上。这是个还没有改好的本子。请勿与上海的戏剧界的人看。没有什么看头的。你和小林都会挑出许多毛病。

我匆匆归来，一直在改这个本子。原来写的时候是打一块烧红了的铁，现在改是在一块冷却的铁上凿下一些地方再补上，吃力而无功。

北京奇热。入晚以后，你们那个宽走廊下想必一定很凉快。

听说李先生又到越南去了，他这几年真是给国家做了很多事。

就说这些吧。

愿你好！

曾祺

（一九六五年）七月廿二日

注释：

① 萧珊（1917—1972），原名陈蕴珍，浙江鄞县人。曾任《上海文学》《收获》编辑，兼做文学翻译工作，译过普希金的《别尔金小说集》、屠格涅夫的《初恋》等。巴金夫人。作者在西南联大时同学。

② 诗人，爱国归侨。萧珊与汪曾祺在西南联合大学的校友。

“何时有暇，你来喝一次酒。”

致挚友朱德熙

德熙：

《文物》收到。这一期比较有意思。

你的发言我看了。临时想到一点小意见。

“员付篓二盛印副”的“付”，我觉得可能是扁矮的竹器，即“篰”。黄山谷与人帖云：“青州枣一篰”（见《故宫周刊》某期）。今上海人犹云水果一小篓曰：“一篰”。你问问伯母和别的老上海看。

“居女”——“粔籹”是不是就是麸？麦甘鬻谓之麸。鬻，熬也，就是炒。《方言》曰：秦晋之间或谓之聚（详见《植物名实图考长编》卷一，47 页）。麸从麦，粔籹从米，也许粔籹是干煎的大米，那么，这就是如今的“炒米”？凡炒米皆先蒸，正是所谓“有汁而干”。

“仆糧”“䴵䴵”“餢飳”“餺飥”，大概是一物，也许就是“薄壮”。这是“饼”一类的东西。但古人“饼”的概念跟我们不一样，不限于烙饼之类那样一个扁平的东西，凡是和了面做成的都叫饼。和了面而下在水（或汤）里的叫作汤饼。汤饼是面条类的总称。上述四物恐系汤饼类。“餺飥”，《朱子语类》谓之“餢托”，云“巧媳妇做不出没面的‘餢托’”（此是记忆，手边无书，可能有错）。我怀疑“不托”是状声，觉得可能是刀削面，以刀削面，落于水中，“不托不托”地响也。这要看它是“实笾”的还是“实豆”的。若是“实豆”的，装在汤碗里，就有几分像。若是“实笾”，则当是不带汤的面食了。束皙《饼赋》:“夏宜薄壮”，马王堆老太太死在夏天，以此随葬，正合适。（䴵䴵、餢飳、餺飥，均见《图考长编》卷一45页）

我怀疑“餺飥”这种东西是可以冷吃的。中国人清前是常有些东西冷吃的，不像后来人总是热腾腾地送进嘴。《东京梦华录》餺飥与什么槐叶冷淘常相靠近，可能有点关系。——中国人的大吃大喝，红扒白炖，我觉得是始于明朝，看宋朝人的食品，即皇上御宴，尽管音乐歌舞，排场很大，而供食则颇简单，也不过类似炒肝爆肚那样的小玩意。而明以前的人似乎还不忌生冷。食忌生冷，可能与明人的纵欲有关。

炙字的前后置是有道理的。这也查查《东京梦华录》看，可能得到佐证。

我以上的意见，近似学匪派考古，信口胡说而已，聊资一笑。

我很想在退休之后，搞一本《中国烹饪史》，因为这实在很有意思，而我又还颇有点实践，但这只是一时浮想耳。

六日或八日能否放假，仍不可知。据说在中央首长看戏之前，不准备给整日的假了。且看吧。

即问孔敬和孩子们春节好！

曾祺

（一九七三年）二月一日中午

德熙：

我近无甚事，每日看笔记小说消遣，亦颇不恶。估计最近会让我写剧本，我无此心思。那个葛翠琳再三劝我写小说、散文，一时既无可写，也不想写。

最近发明了一种吃食：买油条二三根，擘开[①]，切成一寸多长一段，于窟窿内塞入拌了碎剁的榨（此字似应写作鲊）菜及葱的肉末，入油回锅炸焦，极有味。又近来有木耳菜卖，煮汤后，极滑，似南方的冬苋菜（也有点像莼菜）。据作“植物图考”的吴其濬说，冬苋菜就是葵，而菜市场上的木耳菜有时在标价的牌子上也写作什么葵，可见吴其濬的话是不错的。“采葵持作羹”，只要有点油盐，并略下虾皮味精，是不难吃的。汪朗前些日子在家，有一天买了三只活的笋鸡，无人敢宰，结果是我操刀而割。生平杀活物，此是第一次，觉得也呒[②]啥。鸡很嫩，做的是昆明的油淋鸡。我三个月来每天做一顿饭，手艺遂见长进。何时有暇，你来喝一次酒。

问全家好！

曾祺

（一九七七年）九月七日

注释：

① 擘开，同“掰开”。

② 呒，读作“ḿ”，方言，意为没有。

德熙：

前信谅达。你能不能给我找一本王了一的《汉语诗律学》？交徐秀平带给我即可，她时常回家。其他有关的书也盼一读。

很想找几张三麻子的唱片听听。我发现徽调的格律很活泼自由，四声处理也更接近口语。

还是想组织几个人分析分析老唱段和大鼓的四声，但一时恐无此闲裕。

问孔敬好，候安！

曾祺

（九月）廿三日

葵①

小时候读古诗《十五从军征》，很受感动。

“十五从军征，八十始得归。道逢乡里人：‘家中有阿谁？’‘遥望是君家，松柏冢累累。’兔从狗窦入，雉从梁上飞。庭中生旅谷，井上生旅葵。舂谷持作饭，采葵持作羹。羹饭一时熟，不知贻阿谁。出门东南望，泪落沾我衣。”

诗写得明白如话，而很痛切，使两千多年以后的人读起来也丝毫不觉得隔膜。大概稍经离乱的人，对于诗中的情景总是很容易产生同情的，不像《古诗十九首》那样哀叹人生之无常的高远的思想，于现代人总有些不相干。古人把不经人种自己生长的谷和葵叫作“旅谷”“旅葵”，这也很有意思。这谷和葵的种子大概是风或鸟雀带来的，可不也像是旅行的人一样么？一般注释把“旅谷”“旅葵”解为“野生的”，不尽准确，因为这本是“家”的，后来才变野了的，不是原来就是野的。这也许是有些望文生义，然而我却是因为多想了一层，因而对这诗多了一层体会。但随即有一个问题：葵到底是一种什么东西呢?

在我的家乡，叫作葵的有这样几种植物：开淡黄色花，即所谓著道家装的秋葵，因为叶子有点像鸡脚，俗名鸡爪葵；盛夏开深红、浅红、白色的花，别名端午花，常被钟进士插在鬓边作为节日的装饰的锦葵；葵花——向日葵。然而，这几种都不能吃——当菜吃。

后来读到吴其濬的《植物名实图考》，他力言葵就是冬苋菜。他用了相当长的篇幅，说了很多话，而且说得很激动，简直有肝火。吴其濬这个人我是很佩服的。他是一个状元，做了不小的官，却用很大的精力，写了一本卷帙浩繁的科学著作，所有植物都经过周密的调查，亲眼看过，请人画了准确而好看的图，做了切实的说明，而且文章也写得好，精炼而生动，既善于体物，也工于感慨，是一个很难得的人。他曾订正了李时珍的很多错误，其谨严的程度不在李时珍以下。他像是一个很有性格的人。从他的大声疾呼，面红耳赤地辩明葵是什么，字里行间，仿佛看到他的认真而执着的脾气。大概要干成一件什么事，总得有这么一点性格。如果凡事无所谓，葵是冬苋菜也好，不是冬苋菜也好，跟我有什么关系？于本人倒是很轻松，但这样的人多了，人类也就不会有今天了。

这也难怪，葵在古代是很通行的菜，这是真正的中国的土生土长的菜，但后来却几乎失传了。诗经《豳风·七月》：“七月亨（烹）葵及菽。”后魏贾思勰的《齐民要术》蔬菜部一开头就是种葵之法。元朝王祯的《农书》以葵为“百菜之王”。但到了明代，李时珍的《本草纲目》却把它列入了草类，证明那时在中国的大部分地方已经不拿它当菜吃了。到了清朝，大部分读书人对葵是什么就不甚了了了。这样吴其濬才用得着那样认真地考查。

冬苋菜我在四川吃过，是羹——菜汤。在长沙和武昌都看到有人在井边洗那碧绿的茎叶。喝着冬苋菜汤，嚼着那柔滑的，有点像莼菜香味的菜叶，我想起吴其濬，想起《十五从军征》，似乎有会于心。然而，这是不是就是葵呢？

近两年北京菜市场出售一种前所未有的蔬菜，名曰木耳菜，有点像莼菜，这都与冬苋菜无殊，虽然形状有别。冬苋菜的茎较粗，颜色碧绿，掌状叶片；木耳菜颜色深绿，含紫色色素，叶片作阔心脏形，然而我总疑心木耳菜是冬苋菜的一类。

中国农业科学院蔬菜研究所最近做了一件事，向北京的市民介绍了几种从南方引进的蔬菜，有图有文，印制精美，贴在各菜市场。其中有一种是木耳菜，说这是八九月上市的绿叶蔬菜，柔滑，有清香，无纤维，这都很对，而其所标出的名称却是——“落葵”。我很高兴。

木耳菜是葵的一种；冬苋菜与木耳菜在味道上感觉上极相似，冬苋菜是葵，可以肯定。

吴其濬的话不错。

我很为吴其濬高兴。

一九七七年九月二十二日

薤

“薤上露，何易晞……”

这是一首悲哀的歌。大概汉代的人特别向往长生，越是向往长生，越觉得生命的短促，人命如朝露，无可奈何，于是留下这样悲哀而绝望的挽歌。我没有研究过汉代的思想，但对这样的比喻，这样惨痛的哀呼却是可以感触到的。

然而我长时期不知道薤是什么。为什么不说叶上露、草上露，或者别的什么植物上的露，而说薤上露？

前几年在内蒙古调查大青山游击队抗日斗争的事迹，在一份油印的材料里看到，当时粮食困难，游击队有时只能以野草和荄荄充饥。“荄荄”是什么？问了几个当时打过游击的同志，他们说这是记音，老百姓叫作“害害”。他们在深山里和草原上找来了实物，一看之下，原来这东西我认识：上面长出了极细的韭菜般的叶子，下面结一个疙瘩。这东西在中南一带叫作藠头，江西、湖南的酱菜店里都有得卖，渍以糖醋，很开胃。——但以此来充饥，我知道，是不解决什么问题的。我的家乡，叫作小蒜，这其实是不准确的，因为下面的疙瘩不像蒜那样的分瓣，倒是一层一层的像一个小洋葱头。为什么叫“害害”呢？我忽然猛醒：这就是薤！查了几本书，果然是的，读作“害”，是犹存古音。

薤叶极细，中空，横切面作三角形。这样的极细的又是三棱的叶子上是凝结不了多少露水的，自然也极易蒸发，比一般草木上的露水更为短促。“薤上露，何易晞”，悲切之甚矣！

薤在古代是普遍食用的，和葱、韭、蒜、姜合称“五荤”，但后来很多地方都没有人吃了，只有中医有时还用藠头作药引，谓之“薤白”。

一九七七年九月二十三日

栈

从前在张家口坝上沽源县听人说，北京东来顺涮羊肉用的羊都是从口外去的，不上车运，是从地上赶去的，一边走，一边放，一直放到北京。有人专应这路生意。这得有特殊的本领，除了熟知道路水草，还要不损坏地里的庄稼，——通过田埂时，一鞭子把头羊打起来蹿过，其余的羊一条线跟着过去。还说，羊到了北京，用酒糟喂，几天就上了膘，然后宰杀，叫作“站羊”。为什么叫作“站羊”呢？听说是站着喂的，用栅栏把羊限制住，不能动，只是吃喝，让它长肉。听了，觉得怪有意思。但也只是听听而已，旅途中听到的新鲜事情真是所谓道听途说，很难全信，况且这也是过去的事了，现在的东来顺用的羊未必还有那样经历，无从验证。

顷阅平步青《擿屑》，载："越人岁晚畜鹅，以精谷喂之，极肥腯，以祀神，呼为'栈鹅'。栈字不知所云。按《清异录》：'赵宗儒在翰林时，闻中使言，今日早馔玉尖面，用消熊、栈鹿为内馅，上甚嗜之。问其形制，盖人间出尖馒头也。又问"消、栈"之说，曰：熊之极肥者曰"消"，鹿以倍料精养者曰"栈"。是北宋时已有此呼。"栈"字甚古。'"我想，"站羊"原来只是"栈羊"，是用精料催肥的羊而已。用酒糟喂，似有可能。酒糟富营养，又香甜开胃，羊可以多吃，吃得醉醺醺地不想动弹，故易长肉。"站"是因为不知道"栈"字之意，想当然耳地附会出来的。上百只羊，都圈定在栅栏里，站着，一动不动地吃酒糟，这是什么情景呢？

"栈"字我记得《水浒》里是有的。翻开看看，果然有。在第二十五回：

> "郓哥道：'我前日要籴些麦麸，一地里没籴处，人都道你屋里有。'武大道：'我屋里又不养鹅鸭，那里有这麦麸？'郓哥道：'你说没麦麸，怎地栈得肥膪膪地，便颠倒提起你来也不妨，煮你在锅里也没气？'"

这里，“栈”字的意思就上下文看其实是清楚的，就是用麦稃这样的精饲料喂得“肥膔膔地”罢了。

我所翻看的《水浒》是没有注解的，想找一本有注解的来看对“栈”是怎样讲的。找出人民文学出版社一九七二年直排本，一看，二十五回的注解的第一条便是“栈”，道是：“养畜鹅鸭猪羊在黑暗而有地板的笼栅里，不使它见光亮，不使它近地，可以迅速肥壮；一般称这种饲养的方法叫作栈。”咦！这样的言之凿凿，比我在口外的旅途听到的还要具体，看来平步青的考证还是只知其一，我的存疑也是过于保守了。然而我还要再保守一下：在“黑暗而有地板的笼栅里”养活鹅鸭猪羊，听起来总有点奇特；一只两只还可以，像东来顺那样成批地喂养，我以为是不可能的。究竟如何，还要请教一下有实际经验的饲养鹅鸭猪羊的专家。

一九七七年九月二十三日

注释：

① 此信和后面几封信接前信，无开头和结尾。

治气管炎、哮喘方：

蜂蜜（好的）加鲜姜（多少随意）入笼蒸四十分钟，每晨及临睡时各服一汤匙。

此方问之玉渊潭畔一遛鸟人。据云一医生三代遗传性气喘都已治愈，此遛鸟人的老年性气喘亦已根除。用料易得，炮制方便，且不难吃，不妨一试。

我近日将应四川作协之邀，往西安，到成都，上峨眉山，然后往三峡一游。为时约二十日。此候

德熙安适！

曾祺

（一九八二年）四月二日

德熙：

我从四川回来了。这一趟真是“倦游”，走了川西、川南、川中、川东不少地方。路上不觉得累，回来乏得不行。十三号到家，每天睡很多觉，到今天还没有缓过来，还是困。等我睡够了，当来看你。

想问你一个问题。

随着一些“新”思想、“新手法”作品的出现，出现了一些很怪的语言。其中突出的是“的”字的用法。如“深的湖”“近的云”“南方的岸”。我跟几个青年作家辩论过，说这不合中国语言的习惯。他们说：为什么要合语言习惯！如果说“深湖”“很深的湖”“近处的云”“离我很近的云”……就没有味道了。他们追求的就是这样“现代”的味儿。我觉得现在很多青年作家的现代派小说和“朦胧诗”给语言带来了很大的混乱。希望你们语言学家能出来过问一下。——你觉得他们这样制造语言是可以允许的么？

在四川，汽车中无事，“想”了二十四首旧体诗，已被《四川文学》拿去。我发表旧体诗，这是头一回。抄几首短小的给你看看。

成都竹枝词

哀皇城

柳眠花重雨纷纷，劫后成都似旧时。

独有皇城今不在，刘（结挺）张（西挺）

霸业使人思。

成都小吃

十载成都无小吃，年丰次第尽重开。

麻辣酸甜滋味别，不醉无归好汉来（皆餐馆名）。

（余略）

宜宾流杯池

山谷在川南，流连多意趣。

谁是与宴人，今存流杯处。

石刻化为风，传言难或据。

迁谪亦佳哉，能行万里路。

离　堆

都江堰有离堆，

乐山有离堆，

截断连山分江水。

江水安流，

太守不归。

江水萧萧如鼓吹，

秦时明月照峨眉。

宿万县

岸上疏灯如倦眼，中天月色似怀人。

卧听舷边东逝水，夜分先我到夔门。

我的小说选集已印出。出版社送来样书十本，市上要半个月至一个月后才有得卖。等我拿到订购的书时，寄给你。

候时安！问孔敬好！

曾祺

五月十九日

“一篇散文最重要的是什么呢？
我只是觉得写什么都要有真情实感。”

致忘年交陆建华

建华同志：

你把来信夹在《珠湖》里，我拆封后当时未及逐页翻阅杂志，未发现，前天翻看《珠湖》才看到，迟复为歉。昨天到《北京文学》去问了问，你的文章他们决定采用，已发稿，在八月号。再过一个多月，你就会收到。听编辑部说，这篇文章写得不错。希望你再接再厉，多写。

《珠湖》我粗粗地翻看了一下。作为一个县的刊物，水平还说得过去。总的印象，诗的水平较小说高。有些诗有点哲理。吕立中的《蚕》就颇有意思。这首诗有点词句还可调整调整。我大胆改动了一下，录出供吕立中同志参考：

春蚕一口一口地吐丝
吐出的丝又白又亮。
如果对它施加压力，
得到的只是一泡黄浆。

小说，大都太简单，只是说一件事，人物不够突出，缺少深度，作者又多急于说一种思想，一种一般化的，不是作者个人的，独特的，深有感触的思想。语言上也少风格。如果提高，恐怕也只有多读、多想、多写。

关于我回乡事，一时尚不能定。且等我和家中人联系联系，秋凉后再定。

匆复，即候

著安！

汪曾祺

（一九八一年）七月十七日

建华：

来信收到已有几天，我今天下午要到湖南去，匆匆简复：

我没有对你有什么不快，请勿疑心，只是我今年实在太忙，又东跑西颠，不遑宁处，收到的信又很多，实在没有时间回。大概人出了一点名，都有这点苦处。

《钟山》约稿，我记着这事，但何时可以寄稿，真无从估计。我这一年尽写了些散文、游记、旧诗和论文，小说写得很少。答应《人民文学》一年的一篇小说，昨天才赶出来。现在肚子里空空如也，一个题材也没有。湖南途中也许可以想想。如有小说或有意思的散文，当寄去。

我是1920年出生的。生日是阴历的正月十五，阳历的3月5日。

我是1939年夏天离开高邮，经上海，过越南，到昆明的。在昆明考入西南联大。

我这次到湖南是应湖南人民出版社之邀“讲学”的，长沙留几日，还要到湘西去，看看我的老师沈从文的故乡。来去约半个月。

即候近佳！

汪曾祺

（一九八二年）十一月十六日

建华：

来信及“汇报”收到。

高邮要修建王氏父子[1]纪念馆，甚好！此事早该办了。王念孙、引之的著作不难搜集，本县不知有没有他著作的刻本？我的印象里没有。若能找到一星半点本县所刻他们的著作，可以有些特点。王引之的儿子是也有作品的，最好也能征集到。高邮王氏，为乾嘉名儒，不知后代何以式微，又高邮从未闻有人传其学问，殊可感叹也。我对纪念馆的筹建提不出什么意见，只希望县里能花点钱，搞得像样一些。有你和老肖他们，我想可以搞得不错，不致为外路人所笑也。

你的论文《从〈我们播种爱情〉到〈西线轶事〉》得奖向你祝贺！徐怀中人很好，你可以和他通通信。他最近心脏病发，闭门养病，久不见其作品矣。

我已给《钟山》写了三篇短短的小说及一篇创作谈，如刊出，望指教。这一半是你的敦促之功也，一笑。

我近往山东走了几天，到菏泽去看了牡丹，并上了一次梁山，回来写了两篇散文。

不久大概还得上张家口一次。这是我的“流放所”，人家来约，不好拒绝。以后，大概该坐下来写一两篇小说了。我今年只在《人民文学》发表了一篇《八千岁》，不知你看到没有？

另封寄上《百花园》。《关于小小说》有几个错字，封寄匆匆，不知改过来没有。

几个出版社约我写长篇，我想回高邮住一阵，但不知在什么时候。

即候著安！

曾祺

（一九八三年）五月六日

注释：

① 王氏父子是中国清代乾嘉时期的学者，治学简朴严密。

建华：

来信悉。所问关于《葡萄月令》的三个问题简复如下：

1. 是的。我下放张家口沙岭子农业科学研究所四个年头，主要的劳动地点在果园。这个研究所的历史很久了，在德王的察绥政府时，就由日本人办了。所里的果园种了很多葡萄（可参考《羊舍一夕》）。我莳弄葡萄时间较多，故对葡萄相当熟悉。我是个喷波尔多液的能手，果园的工人谁也没我喷得匀，他们都没有我细心。喷波尔多要叶面叶背都喷到，不能少，少则无效；不能多，多了水珠挂不住，就会流下来。因此，夏天，我的几件白衬衫都被染成浅蓝色的了。这个所里每天劳动都要记日记。我对这些日记很感兴趣，曾翻阅了历年积存的好几册。当时就想把有关葡萄的日记摘出来，未果。这篇《月令》是回京后根据记忆写出来的。

2. 我对《礼记》的《月令》很感兴趣，这是很美的诗。采取逐天记的办法，当然不行，太琐碎。按季记，又太整。当初有想写一篇关于葡萄的散文，就已决定用《月令》的形式。

3. 这问题很难回答。一篇散文最重要的是什么呢？我只是觉得写什么都要有真情实感。不要写自己没有感受过的景色、自己没有体验过的感情。最怕文胜于情，有广告式的感伤主义的调子。散文要控制。要美，但要实在。写散文要如写家书，不可做作，不可存心使人感动。存心使人感动，读者一定反感。

匆复，即候

文安！

曾祺

十二月十六日

“我想你最好有计划地读一点书。
可以先读《诗经》。”

致好友杨香保

香保：

二月廿六日来信收到。你信中说多次写信给我让我来张一次，我似并未见到这样内容的信。也许你的信是夹在《浪花》中寄来的，我没有发现。我不是见到信而置之不理，请原谅。

重游故地，我很愿意，也多次想起过。既承相邀，我愿意来。但：

一、我欠了很多文债，有些订出限期，留下版面，近乎逼迫。有些我曾应允了，不得不实践诺言。最近两月要赶写一些东西。又我到医院检查了一下身体，要做这样那样的试验，有的试验项目预约到三月底，做了，还得等看结果。因此，四月底以前我不能离开北京。要来，至少也得在五一以后。

二、我很怕讲话。去年我去了四川、新疆、甘肃、湖南，到处被迫讲话，还要录音、发表。内容空洞不说，而且容易出纰漏，实在令人惶恐。我近来身体大不如以前，不能作长时间讲话。如果到张家口，我希望只是跟大家见见面，最多不拘形式地座谈一次。——真正的座谈。不要像许多地方一样，名义是座谈，实际是讲课。

因此，请你考虑一下，我何时来张合适，便中来信告我。——不必过早决定。

另外，我对张家口的文艺工作者很不熟悉。他们的水平如何，关心哪些问题，想让我谈点什么，这些，希望能搜集开示，我好稍作准备，免得到时候信口开河。

匆复，即候

时安！

曾祺　顿首

（一九八三年）三月三日

香保：

我已于昨日下午抵京。车票奉上。

我想你最好有计划地读一点书。可以先读《诗经》。写诗和研究民间文学，不读《诗经》大概不成。三百多首，一天读两首，不到半年，也就读完了。现在有好几种白话译本，读起来不太费劲。以后则可以依时代先后，选读下去。闻一多曾做过一个计划，从《诗经》到《全唐诗》，两年读完。我想不必全读，选读即可。两三年，也就差不多了。读时如果能旁及一些材料，做一点卡片或笔记，则收益更大。我曾在几本乐府选集的天地头和行间，用圆珠笔密密麻麻地作了批注。古典、民间文学领域，还有许多可做的事。如《九歌》《礼魂》“成礼兮会鼓，传芭兮代舞……”一段声音之美，就从来没有人说及。稍稍留心，自可有所发现。不难的。你现在五十三岁，定下心来做点学问，还不晚。吴昌硕到五十岁才开始学画，你开始弄文字比他学画要早得多了。

你送我一袋口蘑，这份礼太重了！我很不安。

因为有好几封信待复，不多及。

即候安好！

曾祺

六月二十五日

“这是个很伤脑筋的问题，
真不如写小说省力气。”

致好友刘锡诚①

锡诚同志：

师大学报的文章我实在写不出来。写什么呢？我想了几天，还订了个很有针对性的题目：《我是个中国人》。我想说我的思想受了儒家思想的影响。我很欣赏“暮春者，春服既成，冠者五六人，童子六七人，浴乎沂，风乎舞雩，咏而归”这样的境界。我的生活态度和创作态度可以说是这样：“万物静观皆自得，四时佳兴与人同”，“顿觉眼前生意满，须知世上苦人多”。我大概可以说是一个中国式的、抒情的人道主义者。我的理想是：“致君尧舜上，再使风俗淳”，是换人心，正风俗。但是这些话怎么可以讲呢？这岂不是自我暴露，把自己给卖了么？这些思想怎么可以和马克思主义扭在一起？

特别是在“人道主义”这个问题现在正在“热火朝天”的时候，怎么可以提出这样的问题呢？我真希望有人写写这样的文章：中国的传统思想和马克思主义及现代思潮的关系。你等我再想想吧，也许有一天我能把儒家的“赤子之心”和马克思主义之间的墙壁沟通。至于文章的后一部分倒是好办的，就是我提出过的：回到现实主义，回到民族传统。然而，民族传统又怎能和民族的传统思想不发生关系？

这是个很伤脑筋的问题，真不如写小说省力气。我不是个搞抽象东西的人。学报是严肃的刊物，不能用创作经验谈之类的文章塞责。我再想想，再想想吧！

敬礼！

汪曾祺

（一九八三年）四月十一日

注释：

① 刘锡诚，1935 年出生于山东昌乐。曾任职于中国民间文艺研究会、新华通讯社、中国作家协会、中国文学艺术界联合会。是与汪曾祺有着四十年交往的晚辈朋友。

"……真正'发现'了一点什么，才能动笔。"

致忘年交宋志强①

宋志强同志：

你寄给我的《大同市文学作品选》我一直没有看，——我收到的书刊较多，来不及看。昨天偶然翻翻，才发现书里还夹着你的一封信。信末署明的日期是 84 年 12 月 24 日，距现在已经半年多了！

从信中知道《作品选》里有你的一篇《花鸟情趣》。我看了两遍，总的印象是：有点意思，不够理想。

主要的问题是没有写出铁林这个人来。或者说，没有把铁林这个人写透。小说结尾写了铁林的性格特征，也是思想特征，也可以说是他的人生哲学："咱们人嘛，活的无非就是一口气。"这是点了题了。但是前面写他养花、养鱼、养鸟这点特征写得不够。《庄子》记庖丁解牛，庖丁说："臣之所好者道也，进乎技矣。”铁林应该有他的关于花、鸟、鱼的“见道之言”，比如：“人要强，花也就要强。花是知道养花人的心的，它知道你要它开得比谁家的花都大，都好，都香。花就说：‘好，我就给你开！’”“你给鸟多下一分心，鸟就给你多长一分本事。鸟是不吃昧心食的。多喂一口活食，它就给你多哨一点玩意”……之类。更重要的是，通过他的行动，表现他的独特性格。比如，他养鸟的笼子是自己做的。见人家有好笼子，他会要求人家借给他看两天，然后就选材、破料、刮篾，做拖底、笼圈、“葫芦”（北京人把笼上安钩的曲

头叫作“葫芦”，大同不知叫什么）……磨光、上蜡，照样做出一个，比借来的那个还好。他的笼钩是“洋金”的，他的鸟食罐都是旧货，“全堂”，即一套“粉彩”鸡罐、“油红彩”的金鱼罐、康熙青花……他的笼罩不能是背心、秋裤改制的，他会把老伴新买的的确良衣裤裁成几布笼罩，而且安了镀铜的拉锁……总之，要通过各种细节，把这个人不同于“常人”之处写足，把他写得更丰满一些。你现在的材料不少，但都是开流水账似的“数”过去了。要“抻”得开，“铺”得到，要把人物写得更丰满一些。你当然明白我的意思，不是叫你没话找话说，加进很多水分。写小说，要简练，但简练不等于简单。一方面，要控制得住，能少说就少说；另一方面又要“撒”得开。否则，味道不浓。

建议你把叙述次序颠倒一下，先说花，次说鱼，再说鸟。本来他的爱好也是“先是花，后是鱼，完了是鸟”。而且重点是鸟，花和鱼只是陪衬，不能轻重倒置。

我的意见未必妥当，供参考。——小说最后的一段可以不要，太“白”了。

题目不好，这写的不是“情趣”，可以改为《花·鸟·鱼·人》或别的。

你送给我的酒和醋都收到了。酒早已喝光，醋还有一瓶未动。谢谢你。以后望勿给我捎东西。

《晚饭花集》早该出来了，出版社搞了一个荒唐的错误，把封面上作者的姓名印错了，不是“汪曾祺”，而是“常规”，真是莫名其妙！现在只好把印出的书的封面全部撕掉，重印，重订！这一拖恐怕又得两三个月。

《汉武帝》还未动笔。很难。

我身体还好。七月以后，可能要随中国作家团到香港去一趟。

匆复，信写得很草率，望谅。

即候

时绥！

汪曾祺

（一九八五年）六月五日

注释：

① 宋志强，1955 年出生。作者晚年时和宋志强多有交往，两人成为忘年交。

宋志强同志：

昨天看到来信和稿子。我近日事忙，只能简单说点意见。

直率地说：这篇东西不行。首先，你要表达的是一种什么思想？你要写的是一个什么人？你对他持什么态度？你可以把他写成一个看起来很积极，但实在毫无头脑，属于“浅思维”型的那种人，从而反映出中国矿工愚昧的一面，并透视出隐藏在平淡生活下面的历史的悲剧性；也可以写成是一个外表憨愚，浑浑噩噩，迟钝、蹒跚，说不出一句整话的使人失笑的庸常汉子，然而却在灵魂深处闪耀着高贵的微光，闪耀着人性的美。现在却什么也不是。读后印象模糊，不能唤起悲悯、同情、喜悦和深思。

因为你没有把握住这个人物的“核”，所以他的一系列行动便缺乏内在的联系，显得不相连属，可有可无。他出席群英会后，回来汇报，讲吃得好，讲主席老汉吃得好，应该是有特点的。但是因为你自己没有一个角度，缺乏你的“主体意识”，所以并不那样使人失笑。他为什么是个斜眼？斜眼对他的生活造成什么影响？特别是在他的最高动作的瞬间造成什么影响？假如让我写，我就会写在主席老汉出场的时候，摄影记者要拍英模鼓掌欢迎他的镜头。主席老汉还和大家握了手，也和李福贵握了手，摄影记者抢了一个镜头。这张照片应该是很珍贵的，报纸要发表。但是经领导审查，扣压了，因为照片上他的眼睛不是看着主席老汉，而是看着别处。不但缺乏热情，而且很不敬！并且，把记者送给他的照片也没收了。

每一个细节都应该是有用的，对完成你的思想直接或间接有作用。都应该浸透你的主体意识。并且在每一个细节上都要注入你自己的想象。否则细节就是平淡的。

那三个青年和这个“人物”有什么关系？是不是从他们的谈论中反射出这个人物的性格？现在没有。

为什么这个故事要写成发生在汽车上？汽车和这个人有什么关系？要不，把汽车写成一种象征，有某种寓意。比如，象征着时间的飞驰……要不，这辆汽车曾经送过李富贵去开会，又曾接他回来。汽车的女售票员见过李富贵，她有她的看法，并且也断断续续参加了三个青年的谈话。

仅仅凭一点见闻，就写小说，是不够的。小说，要经过作者思考。要把一点事从宏观上、微观上反复审视，直到真正从中攫出某种生活的意义，真正“发现”了一点什么，才能动笔。现在，这篇东西材料已经够了，但是缺乏思考。

建议你看看陈建功写矿工的小说。找两本美国的斯坦培克的小说——如《人鼠之间》看看。

不要着急。应该承认，你现在距离成为作家，还有相当长的路程。

小说稿暂留我处，如需要，请来信，当寄还。

问好！

汪曾祺

（一九八六年）九月四日

"近作两者，录奉一笑。"

致好友范用 ①

范用兄：

近作两首，录奉一笑。

辛未新正打油

宜入新春未是春，残笺宿墨隔年人。
屠苏已禁浮三白，生菜犹能簇五辛。
望断梅花无信息，看他桃偶长精神。
老夫亦有闲筹算，吃饭天天吃半斤。

七十一岁

七十一岁弹指耳，苍苍来径已模糊。
深居未厌新感觉，老学闲抄旧读书。

百镒难求罪己诏，一钱不值升官图。
元宵节也休空过，尚有风鸡酒一壶。

此二诗亦可与极熟人一看，相视抚掌，不宜扩散，尤不可令新入升官图的桃偶辈得知。不过你似也没有官场朋友，可无虑也。

风鸡（我所自制）及加饭一坛，已提前与二闲汉缴销了，今年生日（正月十五）只好吃奶油蛋糕矣。

稻香村亦有糟蛋卖，味道尚可，但较干，似是浙江所产，较叙府产者差矣。叙府糟蛋是稀糊糊的，糟味亦较浓。

春暖，或当趋候。即颂
元宵佳胜！

弟　曾祺　顿首
星期二
（一九九一年二月二十六日）

注释：

① 范用（1923—2010），笔名叶雨。江苏镇江人。著名出版家，曾任人民出版社副社长、三联书店总经理。汪曾祺比范用大三岁，两人是十分要好的朋友。

范用同志：

近读《水浒》一过，随手写了一些诗，录奉一笑。这样写下去，可写几百首。

曾祺　顿首

（一九九二年）六月二十八日

读《水浒传》诗

街前紫石净无瑕，血染芳魂怨落花。
丽质天生难自弃，岂堪闭户弄琵琶。

潘金莲

六月初三下大雪，王婆卖得一杯茶。
平生第一修行事，不许高墙碍杏花。

王婆

凤凰踏碎玉玲珑，发髻穿心一点红。
乞得赦书真浪子，吹箫直出五云中。

燕青

枉教人称豹子头，忍随俗吏打军州。
当年风雪山神庙，弹泪频磨丈八矛。

林冲

桃脸佳人一丈青，如何屈杀嫁王英。
宋江有意催春色，异代千年怨不平。

扈三娘

寿张县里静无哗，游戏何妨乔作衙。
非是是非凭我断，到来不吃一杯茶。

李逵

五台山上剃光头，一点胡髭也不留。
放火杀人难掐数，忽闻潮信即归休。

鲁智深

写给作家、学者的信

“感谢你写了那样的好诗。

对于好作品，应该是感谢而不是祝贺。”

致作家张明权①

明权同志：

感谢你写了那样的好诗。对于好作品，应该是感谢而不是祝贺。第二首好像差一点，也许因为所说的事跟我没有什么切身关系。

不过，为什么要标明是“哲理诗”呢？我看这虽然是说理的，却并非是哲理诗。

你写得太少了。这是一种美德。但是还可以有另一种美德，那就是写得多。

有一次在西长安街头，看见你临风而立，衣袂飘举，若有所思，似在一座小山上，而不像伫立在热闹的街头，应该为你雕一座这样的像。

握手！

曾祺

（一九五七年）廿七日

注释：

① 张明权（1922—1991），作家。曾是北京市文联的创作员。

“我的意见可能十分狂悖，
但却是很真诚的。”

致学者金实秋①

实秋：

回乡后来信收到。

戏联我翻看了两遍，有几点意见：

一、有些对联重复互见（不算少），凡重复之联，必须检校删去。

二、有些联语平仄不协。这有些可能是原联如此，但更多的是传抄有误。有明显抄错的，应改正；如不能改正，应注出某些疑误。

三、编辑体例分“古代、近代”“现代、当代”，我以为这不说明什么问题。最好能按对联内容性质，重新归类，如“一般”“戏曲观”（戏曲、历史、现实）——如“戏台小天地，天地大戏台”……“寺庙宫观”“五行八作”“四时节令”“称美优伶”……（我对五行八作、四时节令的戏联较有兴趣）。

这样可以让人看出戏联大都表现了什么东西，使人看起来也较易发生兴趣。也就是说，这样的编法，说明编者是对戏联作过一番研究，有自己的看法的，不是有闻必录，仅仅是资料。

这是我的主要意见，即：你必须对戏联作一番研究，而且要站在一个较高的高度，科学地、客观地来看待这些对联。更直截了当地说：你必须自认为比这所有的对联作者在历史、生活、戏曲、辞章的修养上都要高得多，你是用一种“俯瞰”的态度来看这些对联的，只是从历史的、民俗的角度，才重视这些对联。你自己应该显示出：从文学的角度看，此种作品，才华都甚平庸，没有什么了不起！

四、因此，对戏联故事，行文不要有太多钦佩情绪，只能表示出“这有点小聪明也不易”，并对某些联语可以加以适当的讥笑（讥笑他们的陈腐、庸俗、卖弄……）。

我的意见可能十分狂悖，但却是很真诚的。

我希望你自己能写出一篇经过研究，有科学价值的自序。

让我写的序，我当然会写，但时间上不能过于紧迫。

联稿暂存我处，待写序后，当奉还。

匆复，即候

近祺！

汪曾祺

（一九八五年）十二月廿七日

王干等两同志写的《“淡”的魅力》已读，写得很好，请转致谢意。

注释：

① 金实秋，1945 年出生于江苏高邮，曾任南京博物院副院长，研究楹联的历史已有三十多年。

“我想约你写一篇‘养乌龟’，如何？”

致作家萧乾[1]

萧乾同志：

您好！

我们两人受中外文化出版公司委托，为他们准备出版的“中国作家看世界丛书”编一本《中国作家看美国》，收入在新时期内访美的部分作家写见闻或观感的高档之作。这套丛书还将由国外出版机构译成外文印行，因此，篇幅不能过大，只能在较小范围内约稿。我们恳切地邀请您参与此书。为了避免编者搜集有限，同时尊重作者的意愿，希望您能从已经发表的有关作品中自选两篇，将发表的刊名、期号及有无修订之处见告，如能赐寄复印件，就更感谢。如您另写新篇，亦所欢迎。倘蒙同意，相信您不会拒绝的。最好能在年底前寄给我们。个别来不及的，稍迟亦可。总归还要花个把月时间做技术性的加工，届时再插入补齐。希望得到您的支持，谢谢。

赐稿赐复，寄以下两处均可：

1. 100052　北京虎坊路甲 15 号诗刊社转 邵燕祥

2. 100075　北京蒲黄榆路 9 号楼 12 层 1 号 汪曾祺

汪曾祺 邵燕祥

一九八八年十二月五日

此书暂定名《美国的月亮》，不知当否。您有什么好主意，望告。

注释：

① 萧乾（1910—1999），北京人。记者、文学家、翻译家。历任中国作家协会理事、顾问，全国政协委员，中央文史馆馆长等。

萧乾同志：

不知道你从韩国回来没有。

听说你养乌龟，有这事么？

江苏的《东方记事》将改版，由北京的朱伟任特约编辑。他来找我谈了一次，拟开的栏目颇吸引人。其中有些富刺激性，如“灾难报告”（专报中国的灾难）。也有比较中性的，如“两地书”（载海内外学者来往书信）。有一栏是专载文人的业余爱好的，他们原拟栏名为“兴趣和乐趣”，我为改名为“四时佳兴”。他们让我主持这个栏目。我想约你写一篇“养乌龟”，如何？

这个刊物将以知识分子为对象，他们希望办得高雅一些，像《大西洋》那样。希望你能支持。

“养乌龟”如不合适，可另改题目。

即候

时安！

汪曾祺

（一九八九年）九月六日

我的地址是 蒲黄榆路9号楼12层1号。

电话：763874。

“匆匆读过稿子。不错。……

关键的地方不妨说得明白一些，力度更强一些。”

致作家姚育明[1]

小姚：

你好！

匆匆读过稿子。不错。

题目我想还是用《扎根树》或《扎根林》好。新鲜。《代价》把意思限制住了。

提点具体意见：

你在第一段里对伐木声的描写稍多了。

开头从知青连长写起，后来却不再提及连长，似宜仍收在他身上。

写支部书记老赵“从不落伍”意思含糊。可加一句东北话，“办什么事都能赶趟”。

写树木被伐，新植的“一贬一褒”，可改为“一个受抬举，一个遭折磨”。

对花的描写“轰轰烈烈”很好，但“刨”了后面的“燃烧的火焰”。

墨瞎子打大柱的描写“不怠慢”可改为“不含糊”。

写九十九个对一个的态度的“比赛”“较劲”是差不多的意思。不如改为“暗暗地较起劲来”。

“不知是谁”，一共写了几个人，应该让人猜得出大概是谁。描写黑炭的书信感情可以用“缠绵”来概括。老赵突然改变决定，可稍多写两句，对诗人可以明写老赵的理解——扎根树是假的，不，树是真的，扎根是假的。老赵怒从心头起，这才当机立断。

这当中诗人请客“像个认错的娃娃”好。

这一页写得很好，改了几处标点，这样可以造成情绪的间隔。

写诗人眼泪“晶亮”两字可删。“悄悄闪光”则并不是晶亮的。

写风声“抑扬顿挫”，好。但“以歌代哭”似多余，也浅。

菜墩不能“包”一层猪皮，只能钉一圈猪皮。

这些句子没意思，可不要。它们分别在第二页……

告老赵的大概是连长。割破树干吮吸树液这个细节极好。

如果樟子松也有树液，为什么不吮吸樟子松的树液？不一定要写树液是甜的还是苦的，可以写出一种特殊的味道。

（一九九零年）十一月三日

又看了一遍，觉得很好。但还可以再加加工。关键的地方不妨说得明白一些，力度更强一些。有些地方语意已足，不必再描，句子奇峭一些，味道更深长。

写上海知青在东北，语言（包括叙述语言）都还可以用一点上海话和东北话。

“嗲妹妹”大柱知道不知道这个外号？他懂不懂。问过众知青没有？他能不能发出这个字音？

汪曾祺

十一月四日

注释：

① 姚育明，1952 年出生于江苏溧水。作家，《上海文学》编辑。

“你写老疯子的文章很流畅，

但我不太满意，对我的思想性格写得不深。”

致编剧、学者刘琛[1]

琛子：

昨天收到来信，很高兴。

你要写我，我当然同意，欣然同意。但是我不知道你怎么写。我有什么可写的呢？我看了不少篇写我的印象记之类的文章，说来说去无非是那几句话，而且是互相转抄，实在没有多大意思。看完了，我都随手置之，不保留。希望你能别出心裁，说出点未经人道的话。你写吧，我相信你能写。

为了配合你的文章，我也许会给《作品》一篇小说（或寄给你，由你过目后转给他们）。我正在酝酿另一篇小说，写成了，也许把这篇寄给你。

我的肝病似有好转。最近在吃一种奇怪的东西，——蚂蚁。我前到中医院看了一次，拿回三十付中药。现在一天到晚吃药。我的肝病无症状，倒是疝气影响行动，小肠随时会“出溜”下来。因此我谢绝一切活动，在家静养。

看你的信，思慧活得还挺来劲。能到三亚这种地方去做广告，证明并不消沉。你还能疯，这很好。

你还是那样吗？站立，走动是不是还是两边晃？

我很想你。

北京天气很热，最高温度是30℃，比广东还高。老不下雨，真奇怪。

上帝保佑你！

曾祺

（一九九五年）五月二十五日

施阿姨附笔问候

注释：

① 刘琛，生于1967年，北京人，编剧、学者。

琛子：

信及《作品》都收到。在此之前，《作品》编辑部已将刊物2本，稿费200元（《窥浴》160，画40）寄给我，便中可转告他们一声。

你写老疯子的文章很流畅，但我不太满意，对我的思想性格写得不深。这也难怪，我们接触得还不太多，你又是比较外向的人，不大会深思。这样也好，感觉到多少说多少，不像一般访问我的记者，浅浅地接触，但玩深沉。以后有机会咱们再略作深谈，我愿意让你把我“穿刺”一番。你还是一块料，不过得打磨打磨，能够知人论世，不要只是写广告。

老伴说，《作品》把她的名字排成了“施格卿”，有关海[①]！

我29日到温州去一趟，约10日即回，以后再联系。

匆问近好！

老疯子

十月二十七日

注释：

①“冇”读作mǎo，“冇关海”是粤语，意为没关系。

写给编辑、读者的信

“你对我的作品推崇过甚，愧不敢当。”

致读者汪家明[1]

家明同志：

收到你的热情的信。因为参加优秀短篇小说授奖的会，稍迟复，甚歉。

你对我的作品推崇过甚，愧不敢当。不过你所用的方法，——从历史的角度评价一个作者，我是赞成的。只有从现代文学史和比较文学史的角度来衡量，才能测出一个作家的分量，否则评论文章就是一杆无星秤，一个没有砝码的天平。一般评论家不是不知道这种方法，但是他们缺乏胆识。他们不敢对活人进行诊断，甚至对死人也不敢直言。只有等某个领导人说了一句什么话，他们才找到保险系数最大的口径，在此口径中“做文章”。所以现在的评论大都缺乏科学性和鲜明性，淡而无味，像一瓶跑了气的啤酒。

从你的来信看，生气虎虎，我相信你是可以写好你的毕业论文的。

我的近作除所开目录外，尚有：

《塞下人物记》　　《北京文学》80 年

《天鹅之死》　　《北京日报》81 年

《黄油烙饼》　　《新观察》80 年

《鸡毛》　　《文汇月刊》81 年

发表在哪一期，已记不清楚。

82 年所写，除《皮凤三楦房子》，尚有：

《王四海的黄昏》　　将刊于《小说界》五月号

《鉴赏家》　　将刊于《北京文学》五月号

《钓人的孩子》　　《海燕》近期刊出

81 年 5 月以前的，都已收入北京出版社的《汪曾祺短篇小说选》(包括《黄油烙饼》和《塞下人物记》)。这个选集大概四月可以出版。出版时我大概不在北京（下月初我将去四川），如样书寄到，我当嘱家人寄一本给你。你的论文将于五月底完成，希望能在这之前寄到。否则，你只好就已看到的几篇来立论了。

评论我的文章除已列者外，尚有：

《读〈受戒〉》　　唐挚，《文艺报》，何期失记

《是诗？是画？》　宁宇，《读书》，今年年初

我自己写的创作谈，尚有三月号的《花溪》上的《揉面》。

六十年代写的三篇小说：《羊舍一夕》（62年《人民文学》）、《看水》（63年《北京文学》）、《王全》（63年《人民文学》），都已收入小说选。

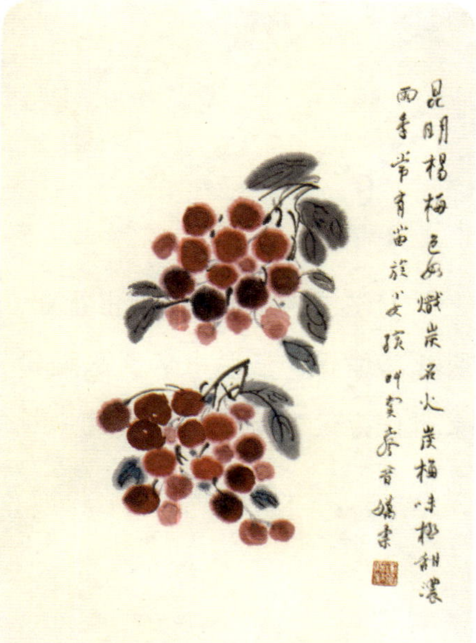

四十年代（48年），在上海文化生活出版社出过一本《邂逅集》。小说选中选了四篇。

对你的论文，我提不出建议。只是希望写得客观一点，准确一点，而且要留有余地（如拟发表，尤其不能说得过头）。

预祝你写出一篇出色的，漂亮的，有才华的论文！

我身体尚好，只心脏欠佳，然似无大碍，希望还能写几年。承关心，顺告。

你也姓汪，这很好。我大概还有一点宗族观念。不过你的论文如发表，会让人以为同姓人捧场，则殊为不利也！一笑。

匆复，即候近佳！

汪曾祺

（一九八二年）三月廿七日

注释：

① 汪家明，1953 年出生于山东青岛，曾任山东画报出版社总编辑，三联书店副总编辑、副总经理。学生时代，汪家明作为读者给汪曾祺写过一封信，这是汪曾祺给他的亲笔回信。

“长沙恐更不能耐，尚望珍摄保重。”

致编辑弘征①

弘征同志：

今夏各地持续高温，北京很多机关只上半天班。长沙恐更不能耐，尚望珍摄保重。白酒少饮为佳。

顷于友人处得见《周作人回忆录》，甚感兴趣。此书是内部发行，北京书店没有卖的。你能不能在出版社内部给我搞到一本寄来？书款自当寄奉。

前在长沙，出版社约我将谈创作的文章编为一集。我十月底以前要为人民文学出版社把我近两年所写小说编集，创作谈需在十一月以后动手编。材料不凑手，可能要拖到明年了。

沈从文先生前患脑血栓，至今卧床，左边手脚失灵，即便好了，也要扶杖而行了。

即候曼福

汪曾祺　顿首

（一九八三年）八月十一日

注释：

① 弘征，历任湖南人民出版社编辑、湖南文艺出版社社长、《芙蓉》杂志主编、编审等。在《芙蓉》杂志工作时，他应命邀请一批作家来湖南讲学，通过沈从文的介绍，弘征邀请到作家汪曾祺，并结下深厚的友谊。

“封二、封三可用老舍先生的藏画。
只怕制版来不及了。”

致《北京文学》编辑部①

文中提到的叶浅予为老舍先生画的象，可能还在。不知在胡絜青还是在叶的手里。如在，可向她（或他）借来制版作插图。如已毁于“文革”中，则请在这一段的末尾加上“（此图已毁于‘文化大革命’中，可惜！）”。

丁聪曾为老舍先生画像，很像。也可设法找来作他文的插图。

封二、封三可用老舍先生的藏画。只怕制版来不及了。

其实这一期可以搞成“老舍专号”的——发几篇纪念文章，重新发表他的某些作（品）并附评介，以及他的书信、手迹。现在是来不及了！

曾祺

（一九八四年）三月廿二日

寺名如打听不到，可写作“××寺（寺名我不记得了）”。

注释：

① 1984 年 3 月，作者应《北京文学》约请写了纪念老舍的散文《老舍先生》，此为向编辑交代有关事宜的附信。

“……你的态度是诚挚的，这使我很感动。”

致读者王欢[1]

王欢同志：

来信收到。我经常收到一些“读者来信”，很少答复。看了你的信，我觉得应该答复一下，因为我从信封到信“瓤”的字迹上来看，你的态度是很诚挚的，这使我很感动。

但是你提出的问题我很难回答。沈先生后来不写小说，有他自己主观上的原因和客观上的原因。两方面，我大体上都有些了解。但是我不想跟你说。客观上的原因，你从我那篇《沈从文的寂寞》的字里行间可以感觉到。在国内，我觉得对于沈先生的作品的评价偏低，是不公平的。怎样才能更准确地理解沈先生的作品？我觉得某些外国人的理解倒是比较客观的。美国选择了沈先生的几篇小说，书名叫作《中国的土地》，沈先生的小说，也无非是写出了中国的这块土地上特有的风土人情吧。至于他在现代文学史上的地位，那该怎么说呢！请你原谅，我不能跟你说实话。你是有鉴别能力的！你自己估量吧。我是沈先生的学生（可以说是“高足”），我的感情当然会有所偏袒的。

你是个牙科医生，却对文学产生这样的诚挚的兴趣，我真是很为之感动。希望什么时候我们能见面谈谈。

说不定我有一天会来麻烦你，因为我的牙很不好。

沈先生近年身体不好，偏瘫了，我也很久没有去看他了。如去，见到他，当为替你致候。

即候

时安！

汪曾祺

（一九八四年）九月二十八日

注释：

① 王欢，河北唐山人，北京大学口腔医院儿童口腔科医师。此信写于 1984 年。

“你想办作家书画展，热心可佩。”

致编辑古剑

古剑兄：

几次来信均收到，照片亦收到。嘱书张问陶诗写得，寄上。我小时候刻过图章，久已生疏，腕弱不能执刀，且并刻刀亦无一把，因此刻闲章之命不能应承。然如偶有机缘重新操刀，或当为兄一“奏”。但恐难于黄河清耳。北京前日已飘小雪，香港想当仍燠热。曾寄施叔青书二册并一斗方画水仙，便中问问她收到没有。即候文安！

汪曾祺　顿首

（一九八五年）十一月廿三日

古剑兄：

前函奉悉。你想办作家书画展，热心可佩。但我劝你不要揽这种吃力不讨好的麻烦事。一、你估计能征集到多少件字画？水平如何？二、用什么名义办这次展览？总得有个什么机构出面，用“古剑”个人名义恐怕不行。有什么机构愿承担此事？三、卖字画，得事先约好买主，你能找到有钱而好风雅的大老板么？四、很难标价，订高了，没人买；订低了失了作家的身份。五、得垫出一笔钱。大陆作家倘寄字画，一般不会裱好，如在香港裱，相当贵；场租、服务员，也都得付钱，你能垫得起么？我很怕你会为此事搞得焦头烂额。

当然，你如下决心办，我会支持你，拣较好的字画寄来。

我近况尚可。三星期前得了一次急性胆囊炎，现已无症状，唯体力尚未恢复耳。偶尔写一点散文和短小说，无足观。症弦约稿，俟有稍可读者，当寄去。即候

文安！

汪曾祺　顿首

（一九九零年）五月十四日

"感谢你的来信……

你对我的文章如此认真对待，很使我感动。"

致读者王树兴①

王树兴同志：

感谢你的来信。关于炒米的四个字，我确实是失忆了，并非有意不写出，有什么深意。这篇散文将来如果收入集子时，当根据你所提供的材料改正。你对我的文章如此认真对待，很使我感动。我因事忙，一般的读者来信很少答复，你的信，我觉得非答复不可。

有时间盼望你来信谈谈高邮的现状。

即问

近好！

汪曾祺

（一九八六年）七月九日

注释：

① 王树兴，生于1963年，江苏高邮人，现居北京。作家。

汪曾祺散文《故乡的食物》最初发表时，引用了一句话，其中“暖老温贫”四个字因不记得了而用“O”代替。王树兴很想知道这四个留白的字有何含义，写信给汪曾祺请教。此信是汪曾祺写给王树兴的亲笔回信。

“这不是一般编辑能做到的。
严谨如此，深可佩服，谢谢，谢谢！”

致编辑吴福辉①

吴福辉同志：

今天收到人民文学出版社王培元同志寄来《京派小说选》两册。前些时出版社曾寄来稿费，亦已妥收，请转告出版社，并致谢意。

我觉得这本书编得很好。所选各篇不是各家的代表作，而是取其能体现“京派”特点者，这是很有眼力的。前言写得极好，客观公允，而且精到。“京派”这一概念能否确立，有人是有怀疑的。我对这个概念也是模模糊糊的。严家炎在写流派文学史时把我算作最后的京派，征求过我的意见，我说：可以吧。但心里颇有些惶惑。读了你的前言，才对京派这个概念所包含的内容有一个清晰的理解。才肯定“京派”

确实是一个派。这些作家虽然并无组织上的联系，有一些甚至彼此之间从未谋面，但他们在写作态度上和艺术追求上确有共同的东西。因此，我觉得这个选集的出版很有必要。一、可以使年轻的作家和读者知道：中国还有过这样一些作家写过这样的一些作品（集中有些作品我都未读到过），使他们得到一点理解和借鉴；二、可供写现代文学史的专家参考，使他们排除偏见，能准确、全面地反映出中国现代文学发展的面貌。你做了一件很有意义的好事，我为此很兴奋，感谢你。

我想买 20 本选集，好送青年作家，你能否问问出版社，在什么地方或通过什么途径可以买到。

这本书印数太少了！我觉得可以拿到台湾、香港去出一下。

你写的前言大可在出书之前先发表一下。出书之后，仍可找地方发表一下。

你编这本书做了大量的准备工作，首先要形成自己的卓识、定见，其次是取舍有只眼。又阅读了很多篇初版原始材料。这不是一般编辑所能做到的。严谨如此，深可佩服，谢谢，谢谢！

即候

著安！

汪曾祺

（一九九一年）二月二十二日

注释：

① 吴福辉，出生于1939年，浙江镇海人。学者。曾任中国现代文学馆副馆长、《中国现代文学研究丛刊》主编、研究员、博士生导师。

“但我还是画了一幅画，
因为朱先生是我的老师。”

致扬州市文联

扬州市文联：

征集朱自清故居陈列字画，后来转到时，已是9月15日。但我还是画了一幅画，因为朱先生是我的老师。如何处理，由你们决定。

汪曾祺

（一九九二）九月十五日

"沈先生既常用'花花朵朵坛坛罐罐',
想必他很喜欢用这样的话来概括他在文物、
艺术方面的学问。"

致编辑陈有升①

陈有升同志：

你的热情洋溢的长信、沈先生书信的复印件和《无从驯服的斑马》的篇目都已见到。

写序本是我义不容辞的事，但我对文物是外行，沈先生这一类文章过去零零碎碎地读过一些，印象不深，如要写序须精读全文，我近来极忙，没有时间好好地阅读，因此未能如命。如用《沈从文转业之谜》代序，我同意。

书名我建议用沈先生在文章中、书信中常说的"花花朵朵坛坛罐罐"。《无从驯服的斑马》使人看了不知道是什么书，好像是一本童话集似的。沈先生既常用"花花朵朵坛坛罐罐”，想必他很喜欢用这样的话来概括他在文物、艺术方面的学问。如用此作书名，“花花朵朵”下不要加逗号，连写下来即可。可加副题：“沈从文文物艺术研究文集”。

我建议这本书的序可以叫沈红（虎雏的女儿）来写。她就是在花花朵朵、坛坛罐罐中长大的，文章也写得很漂亮。她写的《湿湿的思念》，感情和文笔都很美。

沈先生文物、艺术研究文集的出版是非常有意义的。作为沈先生的学生，我愿向你和出版社深致谢意。

如文集编好，能赐寄清样，我可以写个后记。

此复，即候

暑安！

汪曾祺

（一九九三年）六月二十三日

注释：

① 陈有升，时任外文出版社文化交易编辑室主任。广东澄海人。

"我要多看看，看着世界的变化，
国家的变化，文学的变化。"

致编辑范泉 [1]

范泉先生：

捧接来书，真同隔世。你历尽坎坷，重返故地，仍理旧业，从来信行文及字迹看，流利秀雅，知身心并甚健康，深可欣慰。承嘱为文谈老年心态，自当如命，但恨只能作泛泛之谈，无深意耳。

糊里糊涂，就老了。不知道从什么时候起，别人对我的称呼从"老汪"变成了"汪老"。老态之一，是记性不好。初见生人，经人介绍，很热情地握手，转脸就忘了此人叫什么。有的朋友见过不止一次，一起开会交谈，却怎么也想不起该怎么称呼。有时接到电话，订了约会，自以为是记住了，但却忘得一干二净。但是一些旧事，包括细节，却又记得十分清楚。这是老人“十悖”之一，上了岁数，都是这样。另外一方面，又还不怎么显老，眼睛还不老。人老，首先老在眼睛上。老人眼睛没神，眼睛是空的，说明他已经失去思想的敏锐性，他的思想集中不起来。我自觉还不是这样。前几年《三月风》杂志请丁聪为我画了一张漫画头像，让我写几句话作为像赞，写了四句诗：

> 近事模糊远事真，双眸犹幸未全昏。
> 衰年变法谈何易，唱罢莲花又一春。

人总要老的，但要尽量使自己老得慢一些。

要使自己老得慢一点，首先要保持思想的年轻，不要僵化。重要的、甚至是唯一的方法，是和年轻人多接触。今年5月，我给青年诗人魏志远的小说集写了一篇序，说：

> 去年下半年，我为几个青年作家写过序，读了一些他们的作品。每一次都是一次新的经验，都是对我的衰老的一次冲击，对我这盆奇形怪状的老盆景下了一场雨。
>
> 志远这样的作家是不需要“导师”的（志远是

> 我在鲁迅文学院所带的研究生，我算是他的导师），谁也不能指导他什么。任何一个作家都不需要什么导师。我不是志远的导师，是朋友。因为年辈的相差，可以说是忘年交。凡上岁数的作家，都应该多有几个忘年交。相交忘年，不是为了去指导，而是去接受指导，或者，说得婉转一点，是接受影响，得到启发。这是遏制衰老的唯一办法。

我说的是实实在在的话，不是矫情。但这对一些人是不适用的。

要长葆思想的活泼，得常用。太原晋祠有泉曰“难老”，有亭，亭中有小竖匾，匾是傅青主所写，曰“永锡难老”。泉水所以难老，因为流动。人的思想也是这样，常用，则灵活敏捷；老不用，就会迟钝甚至痴呆。用思想，最好的办法是写文章。平常想一些事情，想想也就过去了。倘要落笔写成文章，就得再多想想，使自己的思想合逻辑，有条理，同时也会发现这件事所蕴藏的更丰富的意义。为写文章，尤其是散文，就要读一点书。平常读书，稍有发现，常常是看过也就算了。到要写一点什么，就不同了。朱光潜先生说为写文章而读书，会读得更细致，更深人，这是经验之谈。文章越写越有，老不写，就没有。庄稼人学种地，老人们常说“力气越用越有”，写文章也是这样。带着问题读书，常常会旁及有关的材料。最近重读《阅微草堂笔记》，原来是为印证鲁迅对此书的评价（我曾经认为鲁迅的评价偏高），却从书中发现纪晓岚的父亲纪姚安是个非常有意思的人，他的思想非常通达，因而写了一篇散文《纪姚安的议论》，这是原先没有想到的。我因此又对乾嘉之际的学者的思想产生兴趣，很想读一读戴乐原、俞理初的书，写文章引起读书的兴趣，这是最大的收获。写作最好养成习惯。老舍先生说他有得写没得写，一天至少要写五百字，因此直到后来，笔下仍极矫健。一个作家，在写作的时候，是生命状态最充盈、最饱满的时候，也是最快乐的时候。孙犁同志说写作是他的最好的休息，我有同感。笔耕不辍，乃长寿之道。只是老人写作，譬如登山，不能跑得过猛。像年轻人那样，不分日夜，一口气干出万把字，那是不行的。

一个弄文学的人，倘不愿速老，最好能搞一点现代主义，接受一点西方的影响。我认为本世纪[②]中国文学，颠来倒去，无非是两个方向的问题：一个是现实主义与现代主义的问题；一个是继承民族传统与接受外来影响的问题。前几年，在北京市作协举行的讨论我的小说的座谈会上，我于会议将结束时作了一个简短的发言，题目是《回到现实主义，回到民族传统》，好像这是我的文学主张。所以说“回到”，是因为我年轻时接受过西方现代派的影响。经过一段时间的磨炼，我觉得现实主义是仍有生命力的；一个人，不能脱离自己本土的文化传统，否则就会变成无国籍的“悬空的人”——我曾用这题目写过一篇散文，记几个美国黑人学者的心态，他们的没有自己的文化、没有历史的深刻的悲哀。所谓“祖国”，很重要的成分是祖国的文化。为了怕引起误会，我后来在别的文章里做了一点补充：我所说的现实主义是能容纳一切流派的现实主义；我所说的民族文化传统是不排斥外来影响的文化传统。现实主义和现代主义是可以融合的；民族文化和外来影响也并不矛盾，它们之间并非泾渭分明，作家也不必不归杨则归墨，在一棵树上吊死。人体需要接受一点刺激，促进新陈代谢。现实主义如果不吸收现代主义，就会衰老、干枯，成为木化石。

“衰年变法谈何易”，变法，我是想过的。怎么变，写那首诗时还没有比较清晰的想法，现在比较清楚了：我得回过头来，在作品里融入更多的现代主义。

不一定每篇作品都是这样。有时是受所表现的生活所制约的。比如我写的《天鹅之死》，时空交错，有点现代派；最近为《中国作家》写的《小芳》，就写得很平实，初看，看不出有什么现代派的影子。

现实主义和现代主义都是一个宽泛的概念，作家不要自我设限，如孔夫子所说："今汝画"。

路漫漫其修远兮，吾将上下而求索。

给我看过相的都说我能长寿。有一位素不相识的退休司机在一个小酒馆里自荐给我看一相，断言我能活九十岁。我今年七十一，还能活多久，未可知也。我是希望能多活几年的，我要多看看，看着世界的变化，国家的变化，文学的变化。

一九九一年六月十七日

注释：

① 范泉（1916—2000），现代文学编辑家。

② 指 21 世纪。